「……怪我人に、……遭遇、した」
「前衛なのに血が苦手って
お前も難儀だよなぁ」
《真紅の山猫》訓練生
ラジ
虎獣人の格闘家。
高い戦闘能力を持つが、
やや人見知りで血が苦手。
《真紅の山猫》の訓練生
クーレッシュ
最強の鑑定士って誰のこと？
Who is the strongest appraiser?
～満腹ごはんで異世界生活～
12

BIG!

「甘さ控えめのチーズケーキとかどうでしょう?」

「あとは、かき氷のサイズを小さくして二種類の味をセットでだすのはどうでしょう?」

異世界転移した男子高校生
釘宮悠利

「ケーキは砂糖を控えめにして、果物の味とチーズで調整する感じかしら」
「かき氷は、お客様に好きな味を選んでもらって、一度に二つ食べてもらえるようにして……」
《真紅の山猫》指導係
ブルック
《真紅の山猫》訓練生
ヘルミーネ
《食の楽園》パティシエ
ルシア

好みいろいろ
手作り手巻き寿司！

最強の鑑定士って誰のこと？

Who is the strongest appraiser?

～満腹ごはんで異世界生活～

12

港瀬つかさ ill.シソ

口絵・本文イラスト
シソ

装丁
木村デザイン・ラボ

お品書き

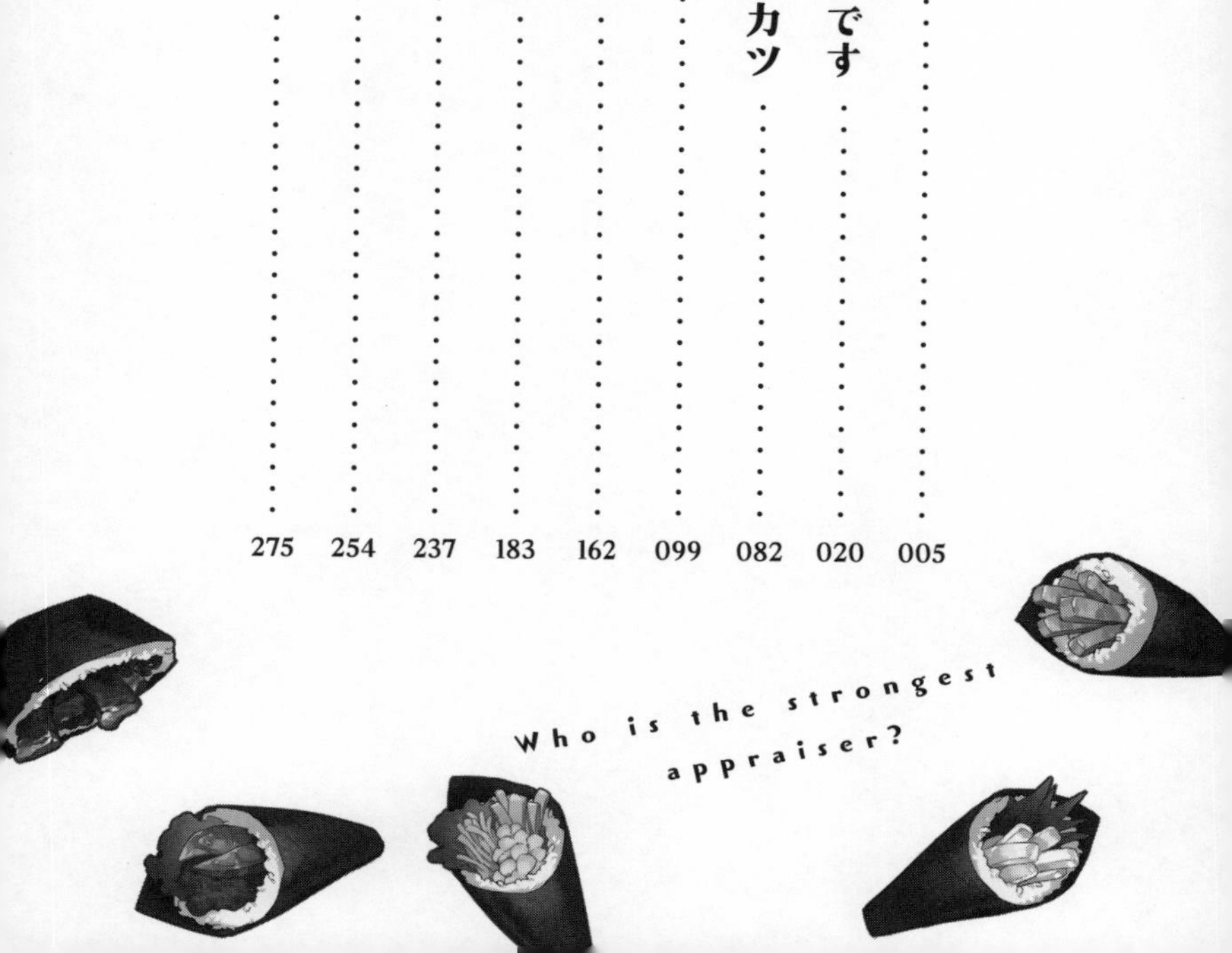

Who is the strongest appraiser?

プロローグ　色々楽しいジャムサンド

釘宮悠利《くぎみやゆうり》、十七歳。家事全般を趣味として愛する、のんびりとした性格の男子高校生。そんな彼は今、異世界にいる。

下校中に異世界のダンジョンに転移してしまった彼は、初心者冒険者をトレジャーハンターに育成するクラン《真紅の山猫《スカーレット・リンクス》》のリーダーであるアリーに拾われた。転移特典（？）なのか、この世界では他に所持者のいない伝説の技能《スキル》【神の瞳《ひとみ》】を授かってしまった悠利は、そのことを知るアリーを保護者として日々を過ごしている。

冒険者育成クランに引き取られ、鑑定系最強チートである【神の瞳】を所持していながら、悠利の日常はただの家事担当だ。チート技能を食材の目利きや仲間の体調管理に使いながら、今日も元気に主夫生活を送っています。

「美味《おい》しぃー」

ふわふわの食パンにぱくりと齧《かじ》り付いて、悠利は表情を緩めた。零《こぼ》れ落ちた言葉が本当だと解るほど、その表情は緩んでいた。

耳を落とした食パンは真っ白ふわふわで、その柔らかさは指が食い込んでいるのを見ればよく解る。悠利が囓った断面には赤い何かが見え、そこから甘い匂いが漂っていた。

「イチゴジャムは安定の美味しさだよねぇ……。こう、甘さが予想通りで」

嬉《うれ》しそうに笑いながら、悠利はもう一度パンを口へと運んだ。

悠利が食べているのは、ジャムサンドだ。耳を落とした食パンで作ったジャムサンドは、ふわふわ食感もあいまって次から次へと食べたくなってしまう。

食パンの耳を落とし、ジャムを挟んだ後に四等分にされたジャムサンド。食べやすい大きさになっているので、ついつい手が出て次のパンを掴《つか》んでしまうのだ。また、手頃な大きさなので色々な味を楽しめるという利点もあった。

そう、このジャムサンド、中のジャムは様々な種類を使っているのだ。大皿に並んだジャムサンドの断面は、色取り取りで美しい。赤に黄色にオレンジ、青や緑と多種多様だ。

「しっかしこれ、種類ありすぎじゃね？」

「封の開いたジャムが色々あったから、そろそろ使い切らないとダメだなーと思って」

「それで今日のおやつはジャムサンドになった、と」

「美味しいし、色々食べられて嬉しいかなって」

悠利に問いかけたウルグスは、説明を受けて納得したように頷《うなず》いた。ジャムは普段から使ってはいる。しかし、食事のときはおかずもあるので、パンを食べてもあまりジャムを使わなかったりするのだ。

勿論《もちろん》、ヨーグルトに混ぜても美味しいし、お菓子に活用する手もある。果物がゴロゴロしている贅沢《ぜいたく》なジャムなので、使い方一つでとても美味しいものが出来上がるだろう。

けれど悠利が選んだのは、おやつに様々な種類のジャムサンドを作ることだった。ちなみに理由は使いかけのジャムが幾つもあったことと、ふわふわの食パンが残っていたからである。安定の悠利だ。

「ウルグスはどれが気に入った？」

「俺はマーマレードだな。皮の風味が割と好き」

「マーマレードは皮の苦みが苦手な人もいるけど、そこが美味しいよね」

「おう」

悠利に笑顔で答えて、ウルグスはマーマレードのサンドイッチを食べる。オレンジ系のジャムに当たるマーマレードだが、皮が入っているので好みは分かれる部分がある。けれど、ウルグスはそのオレンジのさっぱりした風味と皮の苦みとが気に入っていた。

ふわふわの食パンに染みこんだマーマレードが口の中で広がるのは絶品なのだ。ジャムサンドを堪能出来るようにと用意されたストレートの紅茶も、良い仕事をしてくれている。

「俺はブルーベリーが気に入った」

「カミール」

「何？」

「唇が紫だよ」

「おっと」

悠利の指摘に、カミールはぺろりと唇を舐《な》めた。ブルーベリージャムが唇にくっついていたのだ。ブルーベリージャムは酸味と甘みのバランスがカミールの好みだったらしい。そればかりを食べていたので、唇にジャムが付いてしまったのだろう。

幼い子供みたいな状況になっていたのが照れくさいのか、カミールは小さく笑った。それもこれもジャムサンドが美味しいからなので、仕方ない。思わずいっぱい食べてしまうし、一つ一つが小さいのでついつい、お代わりしてしまうのだ。

そんなカミールと悠利のやりとりも、我関せずとマグは一人黙々と食べ続けていた。小さな身体《からだ》のどこにそれだけ入るんだと常に皆が思っているマグの食欲。それは今日も健在だった。

マグが食べているのは、イチジクのジャムを挟んだサンドイッチだ。ひたすらそれを食べ続けているところから、どうやらお気に召したらしいと悠利達は思う。マグは口数は少ないが、食べ物の好みは割と解りやすい。好きなものは特にいっぱい食べるのだ。

「マグ、イチジクジャム気に入ったの？」

「美味」

「そっかー。まだあるからねー」

「美味」

悠利の言葉に、マグはこくこくと頷いた。よほどイチジクジャムのサンドイッチを気に入ったらしい。

マグはそんな風に通常運転だったので、悠利は視線をヤックに向けた。見習い組の最年少は、浮かない顔をしながらもそもそとジャムサンドを食べている。どうにも元気がない。

食欲はあるらしく、次々と食べてはいる。ただ、その表情がどうにも暗い。美味しいものを食べているときにする顔ではない。

「ヤック、何か悩み事？」

「え？」

「全然美味しそうに見えないんだけど」

「あ……。ご、ごめん」

悠利の問いかけに、ヤックは素直に謝った。せっかく作ってくれた料理を、暗い顔で食べるのは失礼だと思い至ったのだ。ついつい自分の考えに没頭してしまい、周りへの配慮がおろそかになっていた。

謝罪するヤックに、悠利は頭《かぶり》を振った。確かに暗い顔で食べてほしくないとは思うが、それはヤックを心配してのことだ。不愉快になったわけではない。

それは悠利だけではなくウルグスとカミールも同じだったらしい。マグも、一瞬だけちらっとヤックを見たので、一応気にしていたようだ。

そんな仲間達の反応に、ヤックは困ったように笑って口を開いた。

「ちょっと、職業《ジョブ》について考えてたんだ」

「職業について？」

「うん。オイラはまだどういう職業を目指すか決めてなくてさ。でも、どういう風に修業を積むかを考えたらまずはどの職業を目指すのか、ちゃんと考えなきゃって思って」

考えすぎて混乱しちゃって、と笑うヤックの言葉に、なるほどと納得した悠利達だった。ヤックはまだ見習い組で、基礎の基礎しか教わっていない。その彼が今後の方向性を考えているというのは良いことだ。

ちらりと悠利に視線を向けられたウルグスは、ひょいと肩をすくめた。彼は豪腕の技能を所持していたことから、至極当然のように前衛を希望した。今はその腕力を生かす戦い方を習っている。適性があるからそれを生かせる職業を選ぶ、という実にシンプルな話だ。だからウルグスは、ヤックのようにどんな職業があるか考えもしなかった。

無言でイチジクジャムサンドを食べ続けているマグも、同じくだ。いや、マグの場合は事情がまた違う。

彼は、とある街のスラムで育っている。そこで生き抜く術《すべ》を身につける過程で、暗殺者の職業を所持していたのだ。なので今は、その職業に見合った能力を伸ばしている。

つまり、最初から職業持ちだったのだ。選ぶも何もない。彼の人生の中で、既に自力で獲得して選び取った職業をひっさげてきたという、ちょっと変わり種なのだ。

年長組二人がまったく参考にならないことを理解した悠利は、視線をカミールに向けた。ヤックの一つ年上のカミールは、悠利の視線ににへっと笑った。

「俺もあんまり参考にならないと思うけどなぁ」

「そうなの？　カミールもまだ、冒険者っぽい職業は持ってなかったよね？」

「おう。俺はまだ町人だけだな。けど、方向性は最初から決めてたからなぁ」

別に進路に悩んでいないということかと悠利は理解した。カミールは商人の息子で、目端が利いて色々と情報通だ。自分に適した職業を自分で考えて、悩まずに選んでいたということだろうか、と悠利は思った。

「俺は元々、実家の助けになれるようなトレジャーハンターを目指してたわけだ」

「うん」

「そうなると、必要なのは腕っ節じゃなくて情報を集める能力だからな。元々荒事には向いてないし、斥候系が良いなって最初から決めてたんだよ」

「斥候系ってことは、クーレみたいな感じ？」

「そうそう。情報を得るなら、罠《わな》解除とかも必須《ひっす》だしな」

だから俺もあんまり参考にならない、とカミールは締めくくる。ヤックのように、自分が何に向いているのか、何がしたいのか、何を選べば良いのか、という悩みと彼は無縁だったのだ。

だが、逆にそれはヤックの強みだった。

既に道を選んだ三人。彼らは多かれ少なかれ、最初から自分はその道だと理解して選んでいる。向き不向きもあるが、彼らの境遇がその道を選ばせたのだ。

そういう意味で、ヤックには何のしがらみもない。彼の可能性は未知数で、どんな道も選べるのだ。

まぁ、だからこそ、本人は物凄《ものすご》く悩んでいるのだが。

「そんなに小難しく考えなくても、今の段階なら大体の方向性だけで良いと思うぞ」

「あ、クーレ」

「よっ。何か美味《うま》そうなもん食ってるな。俺にもくれ」

「どうぞ」

ひょっこりと顔を出したのは、クーレッシュだった。訓練生である青年は、うんうんと唸《うな》っているヤックの頭をポンポンと軽くはたきながら笑う。

悠利が差し出した大皿からジャムサンドを一つ掴んで口に運ぶと、美味いなと笑った。ちなみにクーレッシュが食べたのはキウイのジャムだ。鮮やかな緑が綺麗《きれい》である。

「あのクーレさん」

「ん？　どうした？」

「オイラ、その方向性ってのもまだよく解らなくて……」

しょんぼりと肩を落とすヤックに、クーレッシュは首を傾《かし》げた。けれどすぐに、困っている後輩を励ますように笑った。

「職業の方向性って考えるから、実感が湧かないんだろ。訓練生とか指導係の人達で想像してみれば良い」

「え？」

「例えば、前衛な。前衛って言っても色んなパターンがあるぞ」

そう言って、クーレッシュは楽しげに説明を始めた。ヤックだけでなく、悠利も居住まいを正して話を聞く姿勢に入った。普段そういう方面のお勉強をしていない悠利《ゆうり》には、ちょっと新鮮な話題なのだ。

クーレッシュがどんな説明をするのか気になったのか、雑談をしていたウルグスとカミールも会話を止《や》め、静かに続きを待つ。マグは相変わらずマイペースに食べ続けているが、時々ちらっとクーレッシュを見ているので、多少興味はあるらしい。

「前衛職っていう大きな括りにすると、指導係ならブルックさんで、訓練生はリヒトさんとかレレイが該当するぞ」

クーレッシュの説明に、なるほどと一同は頷く。確かに言われてみれば、その面々は最前線で敵を倒すような頼れる前衛の皆さんだ。

そこでふと気になって、悠利はクーレッシュに質問を投げかけた。

「アリーさんは？」

「リーダーは枠が全然違うから、ちょっと除外」

「除外されちゃうんだ……」

「あの人はなぁ……。本職が鑑定系の真贋《しんがん》士だっていうのに、そこらの前衛職よりも最前線で戦える能力持ってるからさぁ……」

遠い目をするクーレッシュに、誰も反論はしなかった。むしろ思いっきり頷いた。彼らの頼れるリーダー様は、本職が後衛とか支援職である鑑定系だというのに、前衛でも戦えちゃうのだ。その上、指揮官として周囲に指示を飛ばすことも出来るので、色んな意味でハイスペックだった。流石《さすが》リーダーだ。

規格外の話をしていても仕方ないので、クーレッシュは話を前衛組に戻した。

「で、ブルックさんとリヒトさんとレレイの三人を見ても、同じ前衛でも色々と毛色が違うだろ？」

「あ」

「ヤックがもし前衛を目指すとしても、誰を目標にするかで全然違ってくると思うぞ」

「そうですね」

クーレッシュの説明に、ヤックはこくんと頷《うなず》いた。ブルックは一騎当千を体現した切り込み隊長タイプであるし、リヒトは攻撃よりは防御、誰かの護衛に付いている姿が印象的だ。そしてレレイは、一人笑顔で元気よく暴れる姿しか想像が出来ない。そういう意味でも、三者三様だった。

たとえがヤックに通じたことを理解して、クーレッシュは説明を続ける。

「斥候系なら、まず間違いなくティファーナさんだ。でもあの人はちゃんと自分の身を守れるし、前線に切り込むことも出来る。斥候は最低限の戦闘能力は必要だと思うぞ」

「クーレさんもですよね？」

「俺はどっちかというと、逃げ足特化タイプだけどな」

カミールの質問に、クーレッシュはからりと笑った。様々な薬品瓶を武器に使うクーレッシュは、武器の扱いはそこまで得意ではない。また、身体能力お化けでもないので、荒事は苦手だった。

その代わり、情報を基に判断して、危なくなったら即座に逃げるを信条にしている。生きて戻るということを重要視するならば、それもまた正しい選択だ。

「後衛なら、フラウさんとかヘルミーネ。後、アロールも一応後衛に含まれるかな」

「弓使いの二人はともかく、魔物使いも後衛になるんですか？」

「本人は後方に控えて、魔物達に指示を出すことで遠隔から攻撃するって意味では、後衛に含んでも良いんじゃねぇかな」

「なるほど」

ウルグスの質問にも、クーレッシュは迷いなく答える。頼れる先輩としての姿を見せるクーレッシュに、悠利はこっそりと音の鳴らない拍手をしておいた。普段じゃれているときとは全然違った。やっぱり訓練生なんだなぁと悠利は感心する。見習い組に比べたら立派に先輩なのだと実感したのだ。

「後は、支援系だな。学者のジェイクさんとか、吟遊詩人のイレイスとか」

「支援と後衛ってどう違うの？」

「後衛ってのは自分も攻撃に参加するタイプ。支援は攻撃には参加しない、補助をメインにするタイプだな」

「確かに、ジェイクさんもイレイスも、戦うって感じじゃないもんねぇ。イレイスは、武器は何故か鎌だけど」

「あれは、力のないイレイスでも威力の出る武器ってことで選んだらしいからな。でも好んで戦闘はしないだろ」

「そうだね」

なるほどなるほどと悠利は頷いた。見習い組も一緒に頷いた。物凄く説得力があったので。そうやって説明されると、同じような括りでも性格や能力で方向性が分かれているのが解る。ざっくりと系統を決めた後に、更に細分化されているイメージだ。

「アイテム士なんかも支援系だな。俺も持ってるけど。道具を使って味方を支援するし。……まぁ、人によってはその道具で魔物をバンバン倒すらしいけど」

「そうなの？」

「投擲技能《とうてきスキル》持ってると、色んな道具を投げまくって魔物を倒すらしいぞ。俺はまだ見たことはないけど」

「わー、凄《すご》いー」

パチパチと拍手をする悠利。一体どんな道具を使っているんだろうとちょっと気になった。そこまで説明して、クーレッシュはヤックを見た。真剣な顔で話を聞いていた少年は、クーレッシュの視線に不思議そうな顔をする。

「別にすぐに職業を選べってわけじゃないから、何となくどの方向が良いかな、ぐらいで考えておけば良いぞ」

「はい」

「よし、良い返事だ」

先ほどまでの暗い雰囲気はどこにもなかった。ヤックが元気になったと理解して、悠利達も一安心だ。

真面目で一生懸命なヤックだからこそ、自分の進路に関して真剣に考えていたのだろう。それは悪いことではないけれど、一人で考えて煮詰まるぐらいなら、相談してほしいと思う悠利だった。

「後、今のは思いっきりざっくりした分類だから、これに当てはまらない職業もいっぱいあるからな」

「そうなんですか？」

「生産系とかあるだろ。どんな職業《ジョブ》でも冒険者は出来るし、鍛冶士《かじ》が武器ぶん回して魔物を倒すってのもあるからな」

「それどこのミリーさん」

「うちのミリーさんだ」

カミールのツッコミに、クーレッシュは打てば響くように答えた。

鍛冶士見習いのミルレインは、作った武器を自分で使いこなせてこそ一人前という一族の出身だ。なので彼女は、自分で作った武器でダンジョンに潜る強者だった。

世の中には多種多様な職業があり、それに見合った鍛錬を皆が積んでいる。けれど、その職業の生かし方もまた、千差万別なのだ。

「ここにもいるだろ？　職業とやってることが一致しないやつが」

「「「「あ」」」」

「え？　何？　僕？」

クーレッシュが悠利を指差して告げれば、それまで神妙に話を聞いていた少年達が異口同音に呟《つぶや》いた。確かにその通りだと思ったのだろう。

悠利はただ一人、何が？　どうしたの？　と言いたげな反応をしている。相変わらずこう、自分の職業や技能に関しては無頓着《むとんちゃく》だった。

その無頓着さが悠利だと解っていても、とりあえずツッコミを入れるクーレッシュがいる。

「お前は凄腕《すごうで》の鑑定持ちだっていうのに、全然それっぽいことしてないからなー」

「えー。ちゃんと技能使ってるよー」

「食材の目利きにだろ？」

「皆の体調管理にも使ってるもん！」

失礼なと言いたげに叫んだ悠利。そんな彼に向けられたのは、生温《なまぬる》い眼差しだった。全員からの。

「……何、その目」

「お前に言っても無駄だとは解ってるけど、普通はそういうのに鑑定使わないから」

「何で使わないのかなぁ。便利なのに」

「お前本当、便利だからで色々変なことしすぎだろ。あんまりやりすぎて、またリーダーに怒られるなよ」

俺は巻き込まれるのはごめんだからなと呟いたクーレッシュ。同意するように、見習い組の四人はこくこくと首を縦に振っていた。妙に実感がこもっている。

別に何もしてないのに、と悠利はいつものようにぼやいた。そう、彼は何も特別なことをしているとは思っていない。いつも通り、自分らしくマイペースに生きているだけだ。

ただ、それが時々、異世界との常識の差とかで大変なことになるだけで。しかも常に悪気はどこにも存在しないので、余計にタチが悪かった。

ちょいちょい巻き込まれる形でアリーにお説教されることもある面々は、すっと悠利から視線を逸《そ》らした。悠利の普通とか大丈夫とかは、全然当てにならないことを、彼らはよぉおおく知っているのだ。

「皆、ヒドイなぁ」

ふてくされながら、悠利はジャムサンドに手を伸ばす。少し拗《す》ねているが、別に本気で怒っているわけではない。それはクーレッシュ達も同じで、本気で悠利を責めているわけではない。

むしろ、愛すべき仲間だと思っているからこんな会話になるのだ。じゃれたり軽い口論をしたりするのは、相手に気を許しているから出来ることなので。

そんな感じで、クーレッシュを加えたおやつタイムはのんびりのどかに、いつも通りに続くのでした。

第一章　戦闘系にも色んな人がいるのです

ぷるんぷるんと揺れる白い物体を前に、悠利はうーんと考え込んでいた。悠利にとってはとても馴染《なじ》み深い食材、豆腐。しかし、食文化がどちらかというと西洋風なこの辺りでは、イマイチ魅力が伝わっていない食材でもあった。

まぁ、醤油《しょうゆ》や味噌《みそ》が流通していたり、悠利が作る和食系の味付けが嫌われていないので、それほど味覚に差はないと思っているのだが。

そんな豆腐を、悠利は皆に美味《おい》しく食べてもらいたいと思っている。味噌汁に入れるぐらいは可能だが、冷や奴は今一つ不評だった。普通に食べていたのはヤクモぐらいだが、彼はそもそもの食文化が和食と似ている地域で育っているので除外しよう。

どうせなら、喜んで食べてもらえる料理にしたいなぁと思っている悠利だ。豆腐のポテンシャルを引き出すにはどんな料理にすれば良いだろうかと、必死に考えている。

考えて考えて、そして悠利は、はたと気付いた。皆が好む味付けに仕上げる方法がある、と。

「豆腐ステーキにしよう！」

名案だと言いたげに悠利が叫んだのには理由がある。豆腐ステーキの味付けは照り焼きっぽいのだ。つまり、甘辛。お肉大好き、ボリュームを求める皆にも好評になること間違いなしだと思ったのだ。

また、味付けは濃くとも豆腐は豆腐。ヘルシーでさっぱりとした味わいも残るので、食が細い面々にもきっと受け入れてもらえるだろう。良いアイデアが見付かって、悠利《ゆうり》はご機嫌だった。

そうと決まれば下準備をしておかなければならない。豆腐ステーキを作るときには、大事な大事な下準備があるのだ。揚げ出し豆腐などでも同じだが。

そう、豆腐の水切りである。

豆腐には水気があるので、調理する前にそれをしっかりと切っておくことが必要だ。悠利はいそいそとバットを幾つも取り出して、そこに清潔な布巾《ふきん》を敷いた。その上に、水をしっかり切って半分に切った豆腐を丁寧に並べていく。

切らずにそのままのサイズで豆腐ステーキにすると、ちょっと厚みがありすぎるのだ。厚みがあると、表面にいくら照り焼き風の味をつけたところで、真ん中の豆腐の部分に届かない。どこを食べてもしっかり味があるように仕上げるには、半分ぐらいに切る方が良いのだ。悠利の体感では。

そうやって豆腐を並べたら、豆腐を包むように布巾を折りたたむ。そうして布巾で包むことによって、豆腐の水気を吸い取ってもらうのだ。

現代日本にいたときは、布巾ではなくキッチンペーパーを使っていた。ついでに言えば、布巾などを使って少し斜めにしたまな板の上に並べていた。ただ、人数の多さもあってそれでは追いつかないので、今日はバットを活用しているのだ。

「よーし。準備オッケー。後はご飯の前に焼くだけだね」

豆腐の下準備を終えた悠利は、今のうちに他のメニューを考えようと冷蔵庫の中身と睨《にら》めっこを始めるのだった。豆腐ステーキだけがメニューではないので。


「と、いうわけで、今日の夕飯は豆腐ステーキです」

「豆腐で、ステーキ？」

「そう」

「……何かイマイチ想像が出来ねぇなぁ」

首を傾《かし》げるカミールに、悠利はあははと笑った。確かに、知らない人がステーキという単語と豆腐が結びつくかと言われたら、結びつかない。それでも、実際に豆腐ステーキという料理なのだから仕方ない。

バットの中の布巾に包まれた豆腐を、カミールは不思議そうに見ている。布巾は湿っており、水気をしっかり吸い取ってくれているのが解る。

「水気をよく切った豆腐を焼いて、照り焼きっぽい味付けにするんだよ」

「照り焼きって言うと、甘辛い感じの？」

「そう、それ」

「美味《うま》そうだな」

「美味しいよ」

悠利の説明にふんふんと頷《うなず》いていたカミールは、先ほどとは打って変わって嬉《うれ》しそうに顔を綻《ほころ》ばせた。照り焼きっぽいと聞いて、考えを改めたらしい。照り焼き系の味付けは、食欲旺盛《おうせい》な若手に大好評なのだ。

布巾をぺろりとめくってみれば、豆腐が現れる。水分は布巾に吸い取られたのか、いつもより水気が少なく見える。その豆腐を、悠利は乾いたまな板の上へと移動させる。

「こうやって水を切った豆腐に、型崩れしないように小麦粉をまぶします」

「了解。けど、どうやってまぶすんだ？　豆腐だろ？　ヘタに触ったら崩れそう」

「今日はこれを使います」

「……ティーストレーナー？」

「うん」

えっへんと胸を張って悠利が取り出したのは、ティーストレーナーだった。細かい目が特徴的な小さな手持ちザルみたいなやつだ。

何をするのかと不思議そうな顔をしているカミールの前で、悠利はティーストレーナーを豆腐の上に構えて、その中へ小麦粉を入れた。そして、とんとんと持ち手を叩いて揺することで振りかけていく。

「あぁ、そうやってまぶすのか」

「うん。これなら全体に行き渡るかなって」

小麦粉が付きすぎないように気を付けながら、豆腐をコーティングしていく。片面が終われば、豆腐を崩さないようにそっとひっくり返してもう片面。

そこでカミールは、側面が残っていることに気付いた。

「ユーリ、横は？」

「横は、周りに落ちた粉をそっと指で付ける感じで」

「了解」

「流石《さすが》に、立てると崩れちゃいそうなんだよねー」

「確かに」

豆腐は軟らかいので、あまり何度も動かすと崩れてしまう。崩れたら元も子もないので、側面に指で小麦粉を付ける作業も真剣だ。

そうやって全体に小麦粉をまぶしたら、次は焼く作業だ。

「焼くときは、フライパンに油を入れて中火ぐらいにして、豆腐をそっと入れます」

「バチバチ言う」

「小麦粉をまぶしてても、水分が完全に抜けたわけじゃないからねぇ」

「めっちゃ怖いんだけど」

「まぁ、水と油だから……。火傷《やけど》しないように気をつけて調理しようね」

ハネるんじゃないか？　と戦々恐々とするカミールに悠利は思わず笑ってしまった。確かに、油ハネはとても怖い。怖いというか、ハネた油が皮膚に触れると火傷をしてしまうので、危険なのだ。

食材が豆腐なので、そこまでしっかりと焼く必要はない。ただし、小麦粉をまぶしたのでそこがちゃんと焼けるかどうかは大事だ。こんがりときつね色になるように焼くと、香ばしさが際立って実に美味しく仕上がるので。

ジュージュー、パチパチと食欲をそそる音が聞こえる。じぃっと二人で豆腐の状態を確認し、音が少し変わったところで悠利はそっとフライ返しを豆腐の下に差し込んでみる。

軽く持ち上げると、真っ白だった表面がこんがりきつね色に焼き上がっていた。

「うん、良い感じ。ひっくり返して反対側も焼くね」

「崩すなよー」

「気を付けるー」

カミールの心配ももっともなので、悠利は決して否定しない。そっと、そぉっと、崩さないように気を付けながらフライ返しを滑り込ませて豆腐を全て載せ、これまた崩さないように気を付けてひっくり返す。

ひっくり返した瞬間、まだ焼かれていない面が油に触れたことで、再びジューッという音が響いた。崩れず綺麗《きれい》にひっくり返せて、悠利はご満悦だった。カミールも小さく拍手を贈ってくれる。豆腐が崩れやすいことを解っているからこその賞賛だった。

「で、これが焼けたら味付け？」

「うん、そうなんだけど、味付けは別のフライパンでやるつもり」

「何で？」

「だって、この後もいっぱい焼かないとダメだし。その度にフライパン洗うの、面倒くさくない？」

「理解した」

悠利の物凄《ものすご》く現実的な言葉に、カミールは大きく頷いた。もっともだと思ったのだ。何しろ大人数の豆腐ステーキを焼かなければいけないのだ。その度にいちいちフライパンを洗っていたら、作業効率がとても悪い。

第一、熱いフライパンをすぐに洗うことは出来ない。触ると火傷するし、塗装の種類によっては熱いところへ水をかけたら傷んでしまうのだ。

それならば、二つのフライパンを使い分けた方がどう考えても賢い。

そうこうしているうちに、ひっくり返した豆腐が焼き上がった。なので、一度火を止めて置いておく。次は調味料の準備だ。

使うのは、酒、みりん、砂糖、醤油。砂糖と醤油が味の基本なので、そこは好みで調整すれば良いだろう。今日は少し甘めに仕上げるつもりだ。なお、砂糖の代わりに蜂蜜《はちみつ》を使っても美味しくなります。

「調味料を全部フライパンに入れたら、しっかり混ぜて煮詰めるよ」

「どれぐらい？」

「目安は分量が半分になるくらいかな。ちょっととろみが出てくる感じ」

「とろみが出てくる感じ、と」

フライパンに調味料を全て入れ、焦げ付かないように火加減に気を付けて煮詰めていく。しばらくすると、水分が減ってくる。分量が半分になったところで、悠利は一度火を止めた。

味見用の木のスプーンを二本取り出すと、悠利は一本をカミールに差し出す。何をする物かをちゃんと解っているカミールは、悠利に続いてフライパンの中身へとスプーンを突っ込んだ。煮詰まっているので、スプーンで掬《すく》うとどろっとした感じになった。

ふーふーと息を吹きかけて冷ましてから、二人は煮詰めたタレを口に運ぶ。味見は大事な仕事なのだ。このタレの味付けで豆腐ステーキの味が決まるのだから、責任重大である。

ぱくりとスプーンを銜《くわ》え、二人は顔を見合わせる。砂糖と醤油の絶妙なハーモニーだ。やや甘めに仕上げたが、それが逆に醤油の味をまろやかに包んでくれている。

端的に言うと、美味しい。

「甘いけど、醤油の味もするし、これ絶対にライスが美味いやつ」

「甘辛系はライスとかパンが進むよねぇ」

「で、これとさっき焼いた豆腐を合わせる、と」

「絡めます」

「絶対美味いやつじゃん」

悠利が親指をぐっと立てると、カミールが食い気味で答えた。そう、どう考えても美味しいやつだった。豆腐のシンプルな味に、この甘辛の美味しいタレが絡むと思ったら、美味しい以外の想像が出来なかったのだ。

豆腐はそれ自体は淡泊な味をしている。勿論《もちろん》、大豆の風味がぎゅぎゅっと濃縮されているものもあるし、シンプルだからこそ風味豊かな味わいも魅力的だ。

しかし、それはそれとして、薄味であることは事実だ。他のどんな味付けとも喧嘩《けんか》をしないというのは、豆腐の素晴らしさだ。何しろ、豆腐を使った料理の味付けは千差万別なのだから。麻婆豆《マーボー》腐と餡《あん》かけ湯豆腐の間には決して越えられない壁がありそうなのに、どちらの味付けでも美味しい豆腐は凄《すご》いのだ。

焼き上がっている豆腐を、悠利はそろりとタレの中へと滑らせた。火を付けて、ことことと煮詰めながら、大きなスプーンでタレを豆腐の上へとかける。何度もひっくり返すと崩してしまいそうなので、上からタレをかけることにしたのだ。

しばらくそうしてタレを絡め、ほどよく豆腐に色が付いた頃合いで火を止める。皿に取り出したタレがたっぷり絡んだ豆腐ステーキの完成だ。

「それじゃ、味見しようか」

「おー!」

出来たてほかほかの料理を堪能出来るのは、料理当番の特権である。誰より先に美味《おい》しいものが食べられるのだ。

なお、味見はとても重要な任務なので、これは決して単なる食い意地だけで行われているわけではない。味付けを確認しなければならないのだ。ましてや、ここは大所帯だ。味見も大事な仕事である。

ナイフとフォークで食べやすい大きさに豆腐ステーキを切り分けると、悠利はその一つをフォークで突き刺した。なお、隣でフォークを持ってスタンバイしていたカミールも同じくだ。

まだほかほかと熱い豆腐ステーキ。火傷をしないように注意しながら、二人はぱくりと口へと運ぶ。最初に感じるのは熱と、甘辛いタレの風味だ。どう考えても食が進むとしか思えない甘辛のタレと、その風味を和らげて口の中に広がる豆腐の味わいが実に良い。

熱い。確かに熱いが、つるんとした豆腐の切断面と、まぶした小麦粉がカリッと焼けた表面。更にその表面はタレが絡んで少ししんなりしており、絶妙な塩梅《あんばい》だった。どちらか片方だけでは物足りないだろうが、両方の食感が口の中を楽しませてくれる。

「うっま……。熱いけどうっまい」

「久しぶりの豆腐ステーキ美味しぃー」

「これ、本当に豆腐なんだよな？」

「作ってるところ見てたじゃない。豆腐だよ」

何言ってるの？　と悠利《ゆうり》が首を傾げる。豆腐ステーキが美味しかったのはよく解ったが、カミールが何を言っているのかはちっとも解らない悠利だった。

そんな悠利をそっちのけで、カミールは叫んだ。万感の思いを込めて。

「これがあの味のなかった豆腐かよ！」

「味がなかったって……」

あまりの言い草に、思わず遠い目をする悠利。

いや、確かにカミールが言いたいことも解る。解るのだ。豆腐はシンプルな味わいの食品だし、食べ慣れていないカミールには味が薄いとか味がないと思われても仕方ない。仕方ないが、何もそこまで力説しなくても、と思ってしまうのだった。

とはいえ、カミールの反応から皆の味覚にも問題ないと理解した悠利は、皿の上の豆腐ステーキにフォークを伸ばす。カミールと二人で半分こなので、もう少し残っているのだ。豆腐ステーキは豆腐なので、味見で多少食べたとしても満腹にはならないのだ。

「それじゃ、これを食べたら皆の分を焼こうね」

「おう」

味見用の豆腐ステーキを食べながら、カミールは素直に頷《うなず》いた。その表情は、とても幸せそうに緩んでいる。よほど気に入ったらしい。

そんなこんなで、夕飯の時間。

各自、自分の前に並べられた本日のメインディッシュが何か解らずに、首を傾《かし》げていた。そんな仲間達に向けて、悠利はにこにこ笑顔で告げた。

「今日のメインディッシュは豆腐ステーキです。焼いた豆腐に甘辛のタレを絡めてあります」

豆腐、という単語に皆が驚いているが、悠利は気にしない。そういう反応は既に一度カミールで見ている。なので、悠利は何も気にせず、説明を続行するのだった。

「お箸《はし》でも食べられると思いますが、切り分ける方が良い人はナイフとフォークを使ってくださいね。豆腐なので崩れやすいので気を付けてください。また、お代わりも幾つかあるので、欲しい人は僕かカミールに声をかけてくださいね」

にこにこと笑いながら告げられる言葉に、皆はとりあえず頷くだけだった。目の前の謎の料理を

見ている。豆腐とステーキが結びつかないのだ。けれど、ふわりと香るのは食欲をそそる匂いだった。

なので、皆はそっと豆腐ステーキに手を伸ばす。悠利の料理が不味《まず》いわけがないという信頼も手伝って、食事は開始された。

そして――。

「あ、これ美味しい！　美味しいね、ユーリ！」

猫舌対策として、他の人より先に調理を終えていた分の豆腐ステーキを渡していたレレイが、にぱっと笑みを浮かべて声をかける。悠利の返事を待ってはいなかったのか、そのままばくばくと美味しそうに食べていく。どうやらお口に合ったらしい。

レレイの食べっぷりに触発されたのか、皆の箸も進む。確かに美味しいという声があちこちから聞こえて、悠利は満足そうに笑った。皆が喜んでくれるのが彼はとても嬉《うれ》しいのだ。

そんな中、悠利は傍らに座る人魚の少女に声をかけた。彼女は少しばかり食が細いので、一応確認をしておきたかったのだ。

「イレイス、食べられそう？　他の人より少なめにしてるんだけど」

「ええ、大丈夫ですわ、ユーリ。軟らかくて、甘くて、とても美味しいですわね」

「それなら良かった」

他の人より少々控えめに盛りつけられた豆腐ステーキを、イレイシアは嬉しそうに微笑《ほほえ》みながら食べている。ナイフとフォークで切り分けて、上品に口元に運ぶ姿は眼福だ。美少女が美味しそうにご飯を食べる姿は、プライスレスである。

幸せそうなイレイシア。彼女は食が細いので、これが肉のステーキだったらこんな風に食べることはなかっただろう。胃もたれを起こして半分ぐらいでギブアップしているはずだ。けれど、だいぶ濃い味付けにしても、豆腐は豆腐。決して重くないので食べやすいのだ。

甘辛のとろりとしたタレの風味と、つるんとした豆腐の食感が絶妙のバランスだった。タレを含んだ表面部分もカリカリがしっとりに変化していて、食感が楽しい。ご飯が進むのに胃もたれしない、実に素晴らしい料理だった。

「ユーリ、皆の顔を見ていないで自分も食べないとダメですよ」

「え？　あ、はい」

「本当に、貴方《あなた》は皆が食べる姿を見るのも好きですね」

「美味しそうに食べてくれると、嬉しくて」

えへへと照れたように笑って、悠利は自分の食事に戻る。ついつい、皆が美味しい美味しいと言いながら食べているのを見てしまっていたのだ。そんな悠利の性質を理解しているので、ティファーナのツッコミも声音は優しかった。

その彼女も、美味しいですねと微笑んで豆腐ステーキを食べている。冒険者は身体《からだ》が資本。出された食事はきっちり食べるというのは鉄則だが、それでもティファーナは普通の女性だ。胃袋はそこまで頑丈ではない。そんな彼女なので、美味しいのに胃もたれしない豆腐ステーキはお気に召したらしい。

なお、豆腐は大豆食品なので、栄養価は問題ない。植物性タンパク質の王様、畑のお肉とまで呼ばれる大豆の栄養たっぷりな食品だ。肉や魚の代わりを立派に務めてくれるだろう。

勿論、それだけでは物足りないと言われることを考慮して、野菜炒《いた》めにウインナーを入れてみたり、具だくさん野菜スープにハムを入れたりしている。その辺りは抜かりない悠利だ。その結果、食べ盛りの少年達から「肉も食べたい！」という声は出ていない。

「それにしても、豆腐がこんな風に食べ応えのある料理になるとは思いませんでしたね」

「豆腐って、淡泊な味をしてるので割と色んな料理に使えるんです」

「あら、そうなんですね」

「はい。味噌汁《みそしる》の具材以外にも使い道はあるんですよ」

感心したようなティファーナに、悠利は胸を張って答えた。美味しいは無限に広がるので、その一端を伝えられたのはちょっと嬉しかったのだ。

「それに、豆腐はカロリーが少ないので、ダイエット食にも使われてるんですよね」

「……え？」

「栄養価は高いんですけど、肉に比べるとカロリーが低いので。味付け次第ではこんな風に立派におかずになるので、姉や母がダイエットによく使ってました」

のんびりと、何でもないことのように告げられた言葉に、ティファーナの動きが少し止まった。素晴らしいスタイルを維持しているお姉様だが、それは努力してのこと。美味しいとダイエットが結びつくならば、反応しないわけがなかった。

そんなことは考えず、悠利はのほほんと言葉を続けている。あまり食べないので特に太りもしないイレイシアは、慎ましく豆腐ステーキを食べることに集中していた。あちらこちらから、女性陣が耳をそばだてているのに気付いていては、いたけれど。

「チーズをかけて温めたのとか、オリーブオイルと色んな塩でさっぱり食べるとか、色々やってたんですよねぇ。一時期、豆腐料理ばっかり食卓に並んでたこともあったなぁ」

懐かしいなぁと笑う悠利。彼は、趣味嗜好《しこう》が女性に近しい部分のある少年だったが、多くの女性が抱えるダイエットへの欲求に関しては、今一つ鈍感だった。

何しろ悠利の考え方が「三色栄養バランス考えてきっちり食べて、適切な運動をするのが一番正しいダイエットじゃないかな？」というものだったので。リバウンドの心配もない、健康を害することもない、実に素晴らしい方法だ。出来るかどうかは別として。

「ユーリ」

「はい、何ですか、ティファーナさん」

「その、貴方のお姉様やお母様がダイエットのときに食べていらしたという料理、今度作ってくださいね」

「へ？」

「美味しくて健康に良い料理だなんて、興味がありますから」

にっこりと微笑むティファーナ。その顔はとても美しく、優しく微笑んでいる。けれど、何だか妙に圧を感じるなぁと思う悠利だった。

なので、返事をする声が少しばかり、引き気味になった。悠利は悪くない。

「えーっと、冷蔵庫の中身とかと相談しながら、頑張ります」

「はい。よろしくお願いしますね」

悠利の返答に納得したらしいティファーナは、とても素敵な微笑みを浮かべてくれるのだった。

なお、その会話を聞いていたアリーから食後に、「何でお前は自分から女共の欲望に火を付けるんだ」とツッコミをもらうのだった。今度から気を付けようと思う悠利だった。

ちなみに、豆腐ステーキは肉食メンバーにも好評で、また食べたいとリクエストをもらうのでした。

◇◇◇

よろよろとリビングに入ってきた青年の姿を認めて、悠利は慌てて立ち上がった。悠利の傍らでお茶を飲んでいたクーレッシュもほぼ同時に立ち上がり、ふらりと倒れそうな青年を二人で支える。

「ラジ、大丈夫……!?」

「どうした、何があった!?」

二人に両側から支えられた青年は、その場に膝《ひざ》立ちのような状態で何とか身体を支えていた。これはこのまま座らせた方が良いだろうと、悠利とクーレッシュは彼の身体を支えながら座らせる。

その顔色は、蒼白《そうはく》だった。

完全に血の気が引いた顔色をしている仲間に、二人は困惑している。彼がこんな風になるなど、滅多にない。

……滅多にないが、原因に心当たりがないわけでもなかった。

「ラジ、どこかで誰かを怪我《けが》させたの？」

「それか、怪我人に遭遇したか？」

「……怪我人、に、……遭遇、した……」

「「うわぁ」」

悠利とクーレッシュの問いかけに、青年は途切れ途切れに答えた。その声は震えていた。身体も震えている。気分が悪そうかつ、何かに怯《おび》えるような状態だ。かなり重症だと二人は思った。

この青年の名前は、ラジ。《真紅の山猫《スカーレット・リンクス》》に身を置く訓練生の一人だ。年齢はクーレッシュと同じ十八歳。同年齢ということもあって、クーレッシュとは割と仲が良い。

悠利に目配せされて、クーレッシュは水を取りに台所へと走っていった。ラジの表情は浮かない。というか、今すぐ倒れてしまいそうだ。いつもはピンと立っている獣耳もぺたんとしている。心なしか、尻尾《しっぽ》も元気がなさそうだ。

ラジは、虎の獣人だ。時々アジトに顔を出す卒業生の一人、狼の獣人であるバルロイ同様、獣耳と尻尾が特徴的。ラジの種族は白い虎らしく、彼は白髪碧眼《へきがん》という色彩をしている。獣人だけに体格もよく、一目で戦闘職と解る程度にはマッチョだ。顔立ちも虎のイメージを損なわない程度には強面《こわもて》。

ただし今は、寝不足で行き倒れているときのジェイク並みに脆《もろ》く見える。通りすがる仲間達が案じるように見てしまう感じで。

……ちなみに、ジェイクが行き倒れていても誰も慌てないし、特に心配もしない。いつものこととして、部屋に運び込まれるまでがお約束だ。安定のジェイク先生です。

「ほれ、水持ってきたぞ。飲めるか？」

「うぅ……、ありがとう、クーレ」

「気にすんな。運がなかったな」

今にも崩れ落ちそうなほどにふらふらながら、ラジはクーレッシュに礼を言ってグラスを受け取る。透き通った水をこくこくと飲む横顔が相変わらず蒼白で、悠利《ゆうり》は心配そうに彼を見ている。クーレッシュもそれは同じだったのか、労るようにラジの背中を撫《な》でている。ラジがこんな風になるのは、決して初めてではない。彼には一つ、とても難儀な性質があった。

「しっかし、お前も難儀な性質だよなぁ……」

「……うぐ」

「バリバリの前衛なのに、血が苦手って……」

「……向いてないのは自覚してる」

クーレッシュの言葉に、ラジは何かを吐き出すように呟《つぶや》いた。その声に漂う哀愁に、悠利とクーレッシュは左右からポンポンとラジの肩を叩《たた》いた。

そう、ラジは血が苦手だった。身体能力に優れる虎獣人であり、当人の能力も戦闘に向いていながら、彼は致命的なまでに血が苦手なのだ。大量の血を見ると気分を悪くするぐらいには。

「自分が原因じゃない血は、大分慣れたんだが……」

「今日はダメだったのか？」

「……流石《さすが》に、血だまりは、無理……」

「「それは無理」」

ラジの言葉に、クーレッシュと悠利は真顔で答えた。綺麗《きれい》にハモっていた。

クーレッシュは戦闘もこなす斥候職だが、それでも戦闘時でもないのに血だまりに遭遇したら平静ではいられない。むしろ、平和な街中で何で血だまりに遭遇してるんだと思う二人だった。ラジは買い物に出掛けていただけなので。

いくら血が苦手とはいえ、ラジも戦闘時ならば気を張っているのでここまでの状態にはならなかっただろう。平和にのんびりとした日常の中でいきなり血だまりに遭遇したからこそ、予想以上にダメージを受けてしまったのだ。多分。

「てか、血だまりって怪我人は大丈夫だったのか……？」

「あぁ、うん。何か、毒が回った場所を切って応急処置をしたらしいんだが、予想以上に血が出たとか、何とか……？　そんな会話をしてた気が、する」

「思い出さなくていいよ、ラジ」

あんまり覚えてないと呟くラジを、悠利は止めた。そこは無理に思い出してくれないほうが良かった。顔色が悪くなりそうなので。

とはいえ、そういう理由ならば何らかの処置がされているだろうし、最悪の事態ではないんだなと思う悠利とクーレッシュだった。王都ドラヘルンは比較的治安の良い街だが、それでも小競り合いや厄介ごとは潜んでいる。そうでなかっただけ、御の字だ。

水を飲み、二人と会話をしたことで幾分落ち着いたのか、ラジの顔色が少しだけ良くなった。不運な事故だったんだなとクーレッシュは同い年の仲間の背中を軽く叩いた。労るように。

「ラジも大変だね」

「ん？」

「血が苦手なのに、戦闘職として強くならないとダメなんでしょ？」

「まぁ、稼業が稼業だからなぁ……」

はぁ、とラジはため息をついた。少しばかりしょんぼりしている。彼にも、自分の性質と自分の職業《ジョブ》の方向性が合っていないことぐらいは、解っていた。

そんなラジの職業は、格闘家だ。虎獣人の身体能力を遺憾なく発揮しており、組み手ではかなりの強さを誇る。力押しで突っ走るレレイを相手に落ち着いて対処をし、勝ち越せるぐらいには強い。また、細身でありながらダンピールゆえの怪力を保持し、ヴァンパイアの狩猟本能と戦闘本能を受け継いでいるマリアとも、実に良い勝負をする。鍛錬や手合わせでならば、彼は文句なしの強さを発揮しているのだ。

……そう、現代日本の武術における試合のような状況ならば、彼はとても強い。相手に勝つのが目的であって、害するのが目的でなければ不必要な血は流れないので。

しかしそれは、裏を返せば命のやりとりをする場合での弱さを意味する。

勿論《もちろん》、まったく戦えないわけではない。自分の性質をふまえて、ラジが選んだのは格闘家なのだ。格闘家は己の手足を武器とする。刃物を使わないので、相手の血を見る可能性が下がる。

また、ラジの得手は絞め技だ。打撃などでは相手の骨を砕いて血を流す場合もあるが、絞め技ならば血を流さずに相手の意識を奪い取れる。勿論、普通の打撃技もそれなりの腕前ではある。

「ラジの実家って、傭兵《ようへい》稼業やってるんだっけ？」

「傭兵というか、護衛業かな。僕らは身体能力が高いから、それを生かして一騎当千が売りらしい。後、実家じゃなくて、一族単位」

「その一族単位ってのが、俺にはイマイチ解らねぇんだよなぁ……」

「それは僕も思うー」

「そうか？」

「「ソウデス」」

不思議そうに首を傾《かし》げるラジに、悠利とクーレッシュは声を揃えて答えた。

庶民である二人にとって、一族という大きな括りで物事を考えるのは馴染《なじ》みが薄いのだ。二人の中で認識出来る範囲は、せいぜい親兄弟に祖父母、伯父伯母に従兄弟《いとこ》などといったせいぜい三〜四親等の範囲ぐらいになる。それ以上の大きな括りは、実感がどうしても湧かないのだった。

しかし、逆にラジにとってはそんな二人の反応が解らない。彼は、一族の里で生まれ育っている。周りにいるのは全て血縁者。同じ祖を持つ親類縁者ばかりだったのだ。

勿論、外部から嫁や婿に来た人々はいる。しかし、それだって突き詰めてしまえば姻戚《いんせき》関係者だ。大きな意味で一族の中に入れてしまって問題はない。

「そもそも、周りが全部親戚《しんせき》の環境っていうのも、想像出来ないんだよねぇ」

「隣近所に血縁者以外がいないって、何か変だよな？」

「そう、それ。幼馴染《おさななじ》みが全員血の繋《つな》がった親戚ってことだもんね？」

「だよなぁ？」

顔を見合わせて、悠利とクーレッシュの会話が弾む。

二人の会話に、それの何が不思議なんだろうと首を傾げているラジ。そうやって感情が顔にのると、強面の造作が少しばかり柔らかくなったように見える。黙っているとワイルドっぽいが、口を開けば普通の青年なのだ。

一族の中で育ち、それが普通だと思っていたラジだが、今は《真紅の山猫》に身を置いている。自分とまったく違う環境で育った同年代の仲間達と過ごすのは、彼に良い経験を与えていた。視野が凝り固まるのを防ぐという意味で。

「血縁者は固まって生活するのが普通だと思ってたからなぁ、僕は」

「家族単位ならともかく、一族単位ってのは俺らには馴染みはねぇわ」

「僕の国も、古い集落がある地域とかだと血縁者が集まってたりするけど、流石に全員同じ血縁者ってことはなかったし」

「色々あるんだな」

「色々だなぁ」

「色々だねぇ」

ラジの言葉に、クーレッシュと悠利は同意した。同性で、同年代で、けれど生まれも育ちも違う彼らなので、自分の常識が相手の非常識になることを噛《か》みしめているのだ。何気ない会話をしているときなどは、そんなことは思わないのだけれど。

そこでふと思い出したように悠利が口を開く。

「あ、でも、バルロイさんも似たようなことを言ってたから、獣人だとそういうのが多いのかもしれないね」

「そんなこと言ってたのか？」

「うん。バルロイさんが育ったのも、自分と同じ狼獣人の人ばっかりが暮らす集落だって。血の濃さは色々でも、皆血縁だって言ってたよ」

「へー、そうなのか」

クーレッシュは感心したように呟く。バルロイは自由気ままに生きているような狼獣人だが、基本的に脳筋なので素直だ。その彼が語った内容ならば、嘘はないだろう。

ラジも、自分と同じ状態で生活している人がいると解って嬉《うれ》しいのか、少しばかり表情が緩んでいる。人間と獣人の違いがあるのか、獣人でも種族によって違うのかは解らない。解らないがとりあえず、ラジの一族だけが特殊というわけではなさそうだった。

そんな風にのんびりと雑談をしていると、アリーが顔を出した。今日もアジトでお仕事に勤しんでいたリーダー様の登場に、三人は首を傾げる。

「ラジ、顔色があまり良くないが、何かあったか？」

「あ……。買い物中に負傷者に出くわして、少し気分が悪かっただけです。もう大分落ち着きました」

「……そうか。あまり無理はするなよ」

「はい」

ラジの性質をよく知っているアリーは、案じるように告げる。それに素直に返事をするラジ。悠利は神妙な顔をしているラジを見ながら、ちょいちょいとクーレッシュの袖《そで》を引いた。

「何だよ、ユーリ」

「アリーさんって、こういうところお父さんみたいだよね」

「……ぉ、まえ、なぁ……」

「何？」

「思ってても口に出すなよ……。リーダー、まだ若いんだぞ……」

きょとんとしている悠利に、クーレッシュは、はぁとため息をついた。アリーの視線が突き刺さってくるのだが、それには気付かないフリだ。なお、悠利はまったく気付いていない。戦闘員と非戦闘員の間の壁は厚い。

とはいえ、アリーが強面な外見と荒っぽい口調に反して、面倒見の良い世話焼き気質の常識人であることは、周知の事実だ。それを当人に告げると照れ隠しなのか怒られるだけで。

なお、皆がアリーをお父さんと形容するようになったのは、悠利が来てからである。悠利とアリーのやりとりが、兄と弟ではなく保護者と子供のように見えるからだろう。小言を言いながらもそこに愛が含まれているので、鉄拳《てっけん》制裁すらお父さんの愛情に見えるのだ。

「でも僕、時々うっかりお父さんって呼びそうになるよ」

「なるなよ」

「呼んだら拳骨《げんこつ》もらったけど」

「いや、そらもらうだろ……」

のほほんとした口調で悠利が告げる内容に、クーレッシュは脱力した。相変わらずだなこいつ、と言いたげな態度だ。安定の悠利だった。

そんな二人のぼそぼそとしたやりとりが聞こえているのだろう。ラジが、白い獣耳をぴくぴく動かしながら耐えている。反応したら負けだと思っているのかもしれない。

対してアリーは、目を細めて二人を見ている。それ以上何も言わないが、目が普通に怖かった。微妙なバランスを保っている状況なので、後一押しがあったらツッコミが入りそうな感じだ。

その微妙な空気を破ったのは、やはりというべきなのか、悠利だった。

「そうだ、ラジが帰ってきたらおやつにしようと思ってたんだよね。準備してくる！」

「ユーリ、僕、今は食欲がないんだが」

「じゃあ、飲み物だけでもどう？　フルーツジュース」

「あー、……じゃあ、それだけもらう」

「解った」

まだ本調子ではないことを伝えたラジに、悠利《ゆうり》は笑顔で提案する。その好意まで無下にすることは出来なかったのか、ラジが困ったような顔で答える。それに悠利は、嬉しそうに笑った。

笑ってそして、アリーを振り返って質問する。

「アリーさんは、ジュースと紅茶どっちにします？」

「お前らはどうするんだ？」

「僕はジュースです。クーレは？」

「俺もジュース」

「なら、ジュースで頼む」

「解りました。用意してくるんで、食堂まで来てくださいねー！」

笑顔を残して去っていく悠利。心なしかうきうきしているその背中を見て、三人は図らずも同じタイミングでため息をついた。

「ユーリだなぁ……」

「あいつ本当にマイペースだよなぁ……」

「何であんなに楽しそうなんだ……」

「「それは思います」」

アリーのツッコミに、クーレッシュとラジは声を揃えて答えた。本当に、いつもいつも、誰かのために料理を準備するのを喜ぶ悠利なのだ。皆で食べたら楽しいし美味《おい》しいよね！　というのが悠利の持論である。

顔を見合わせ、苦笑して、三人も食堂へ向けて歩き出す。彼らの愛すべきおさんどん担当は、今日も美味しいおやつを用意してくれるのだろうなと思いながら。

ちなみに、四人でジュースを飲んでいるところに他の面々が戻ってきて、ジュースが足りなくなったので追加で果物をジュースにする作業に追われる悠利達でした。

◇◇◇

「ユーリの手って、どうなってるのか全然解らないんだけど……」

「へ？」

感心したというよりも呆《あき》れたという方が近いヘルミーネの発言に、悠利はきょとんとした。何を言われたのかがよく解らなかったからだ。

手、と言われて悠利は自分の手を見た。いつも通りの普通の手だ。特に変わったことは何もない。今も、おやつを作るためにせっせと頑張っているだけである。

「僕の手が、どうかしたの？」

「だって、ユーリのだけ、形が凄《すご》く綺麗《きれい》じゃない……」

「形……？」

言われて、悠利は自分の作った完成品を見る。綺麗な楕円《だえん》形だ。表面に凸凹も存在しない。実に綺麗な形になっている。

意味の解っていない悠利に現状を伝えるべく、ヘルミーネはすっと指を動かした。そこには、ヘルミーネとヤックが作った完成品がある。……少々歪《いびつ》な楕円形だった。表面が凸凹している。というか、何かに引っ張られたように小さな角が立っている感じだ。

両者を見比べて、なるほどと悠利は思った。確かに、見比べてみると差は歴然だった。

しかし、悠利には何となく原因が解った。なので、のんびりとしたいつもの口調で告げるのだった。

「多分それ、二人の方が僕より掌の温度が高いんだと思うよ」

「「え？」」

「体温、僕より高いから、くっついちゃうんだと思う」

「そこ⁉　理由そこなの⁉」

「えぇぇぇぇぇ⁉　それが理由なの⁉」

衝撃を受ける二人だが、悠利はけろりとしていた。理屈が解っているからだ。なので悠利は、驚いている二人に詳しい説明を口にした。

「これ、バターが入ってるから。体温が高いと溶けちゃうんだよ」

「「あ」」

悠利の端的な説明に、二人は納得した。納得して、がっくりとその場に崩れる。理由が解ってしまえば単純で、でも、それなら自分達はどうしたら良いんだと言いたげな顔だ。

そんな二人に、悠利は救済策を口にする。

「ボウルに入れた冷たい水で手を冷やして、水気をよく拭《ふ》き取ってからやってみたらどうかな。手が冷えたら、少しはマシだと思うよ」

「オイラ、水持ってくる」

「頼んだわよ、ヤック！」

すかさず立ち上がって去っていくヤック。その背中に、ヘルミーネの声がかかった。

賑《にぎ》やかな二人を見つめながら、悠利は黙々と完成品を作り続ける。ヤックと二人で作業をしていたところへ、ヘルミーネが乱入してきた瞬間のことを思い出しながら。


「ねぇ、何してるの？」

食堂スペースで作業をしている悠利達にヘルミーネが声をかけてきたのは、昼食を終えて少ししてのことだった。いつもならばリビングでのんびりしているはずの悠利がいないことに気付いて、ひょっこり食堂に顔を出したら作業をしていたという流れだ。

突然声をかけられた悠利とヤックは、思わず作業を中断して乱入者を見る。ヘルミーネは不思議そうな顔で二人を見て、そして、再び口を開いた。

「何でこんな時間にジャガイモ潰《つぶ》してるの？　夕飯の仕込み？」

「ううん。おやつ」

「おやつ？」

「そう、今日のおやつを作ってるだけだよ」

悠利の答えに、ヘルミーネは不思議そうに首を傾《かし》げた。けれど、おやつという単語に興味を持ったのだろう。軽やかな足取りで二人が作業しているテーブルへと近付いてくる。

机の上にあるのは、茹《ゆ》でたジャガイモがたっぷりと入った大きなボウル。悠利とヤックが今、二人で交代しながらジャガイモを潰しているところだ。他には、塩、胡椒《こしょう》、バターが置いてある。それと、成形したものを入れるためなのか、大きなバットが一つ。

しかし、それだけだ。あまりにもシンプルなラインナップに、どんなおやつになるんだろう？とヘルミーネは不思議そうな顔をする。

そんな彼女に、悠利はのほほんと答えた。

「今日はねー、じゃがバターコロッケ作ろうと思って」

「じゃがバター、……コロッケ？」

「そうだよ。揚げたては絶品なんだよねー」

嬉しそうに笑う悠利に、ヘルミーネは胡乱《うろん》げな顔をした。彼女の言い分はこうだ。コロッケはおやつなの？　と。

そう、確かにコロッケは、おかずだ。けれど、何もおやつに食べてはいけないわけでは、ない。ジャガイモを使ったコロッケは腹持ちもよく、小腹が空いたときに食べるととても美味しいのだ。

なので、悠利の中でコロッケは、時々おやつに食べるおかずだった。そのノリで、本日のおやつをじゃがバターコロッケに決定したのだ。

なお、何でそうなったかというと、ヤックと二人で色々なコロッケがあるという話をしていて、何となく食べたくなったからだ。夕飯は肉を希望されているので、それならおやつにコロッケを作ってしまおうとなったわけである。割と見切り発車だった。

「コロッケがおやつって、お腹膨れないの……？」

「小さめに作るし、ジャガイモだけだからね」

「どういうこと？」

「今日のは具材がジャガイモだけなんだよ。マッシュポテトをコロッケにするみたいな感じかな？」

「へー。マッシュポテトは好きよ。なめらかで美味しいもん」

現金なヘルミーネは、悠利の説明に笑顔になった。

具材が沢山入っていたり、大きかったら夕飯が食べられなくなると心配していたが、それが杞憂《きゆう》だと解ったからだ。それなら思う存分、揚げたての美味しいコロッケを堪能しようという感じだった。とても解りやすい。

悠利とヤックは、掌をくるりと返したヘルミーネに特に何も言わず、作業を続行している。おやつとはいえ、皆の分を作るとなるとジャガイモの量もそこそこ必要になる。それを潰すのはそれなりに重労働だ。

茹でたジャガイモを全て潰し終えたら、今度は味付けだ。まだほかほかと湯気の出ているジャガイモに、塩、胡椒、バターを加えてよく混ぜる。ジャガイモの熱で溶けたバターがとろりと綺麗な色で広がった。

「何だか、もう既にとっても美味しそうな匂いがするんだけど」

「ジャガイモとバターだからねぇ」

「ユーリ、オイラ気付いた」

「何、ヤック？」

ヘラでジャガイモを混ぜていた悠利は、大真面目な顔のヤックに首を傾げる。重大な発見だとでも言いたげな顔だ。何かあっただろうかと思う悠利。

そんな悠利に、ヤックはきっぱりと言い切った。彼の中の真理を。

「これ、今すぐこのまま食べられる」

「……」

「……あ」

茹でたジャガイモは既に火が通っている。味付けとして投入したのは、塩胡椒とバターのみ。そのバターもジャガイモの熱で溶けて、綺麗に混ざり合っている。それゆえの、ヤックの指摘だった。

そう、今の状態でも、これは美味しく食べられる。マッシュポテトのじゃがバター風みたいな感じだろうか。

「そうだね。食べてもお腹壊さないね」

「あってた！」

「でも、今日はこれをコロッケにするので、味見以上のつまみ食いは却下で」

「ユーリぃ……」

「却下で」

おさんどん担当は今日もブレずに安定だった。不必要な味見、つまみ食いに属する行為はあまり許されないのです。何しろそれを許してしまうと、なし崩し的に全部食べきってしまいそうになるので。

美味しい匂いがしているのに食べられない。そんな状況に、ヤックは打ちひしがれていた。なお、ヘルミーネも同じくだった。物凄《ものすご》く美味しそうなのに、とぼやいている。

しかし、本日のおやつはじゃがバターコロッケなのだ。コロッケにする前に食べ尽くしては意味がない。

なので悠利は、味を確認するために少量を小皿に取る以上はボウルの中身に手を付けなかった。ヤックと二人で味を確認し、ジャガイモとバターの風味、隠し味程度に感じる塩胡椒の塩梅《あんばい》を確かめて終わる。

……じーっと見つめるヘルミーネだが、別に食べさせろとは言わなかった。ただ、美味しそうだなぁと言いたげな顔をしているだけで。

「それじゃ、これをコロッケにします。いつもより小さめの楕円形で作ろうね」

「解った」

悠利とヤックが二人でじゃがバターコロッケの成形に入る。コロッケを作るのは初めてではないので、ヤックも危なげなく作業に入る。

そんな二人を見ていたヘルミーネが挙手をして口を開いた。

「私もやってみても良い？」

「ヘルミーネ？」

「楽しそうなんだもん。私もやってみたい！」

「うん。良いよ。手を洗って、エプロン付けてね」

「解った！」

うきうきルンルンで手を洗いに行くヘルミーネ。珍しいなぁ、と悠利《ゆうり》は思った。とはいえ、彼女がこんな風に「私も交ぜて！」と言うのは時々あるのだ。主に暇を持て余しているときに。

理由が暇つぶしだろうと、面白そうだからだろうと、手伝ってもらえるのはありがたい。お言葉に甘えようと思う悠利だった。


そんな感じでヘルミーネを交えて作業をしていたのだが、どう頑張っても悠利のように綺麗に作れなかったのでヘルミーネの疑問が飛び出したのだろう。バターを入れているので、掌が温かいとその熱で溶け、生地がでろっとなってしまうのだ。

悠利の提案を実行するべくボウルに冷たい水を入れ、清潔な布巾《ふきん》を手に戻ってきたヤック。まずは手を入れてほどよく冷やし、布巾で綺麗に水気を拭き取ってから再度コロッケ作りに挑戦する。

はたして、その結果はというと。

「ユーリ！　さっきより綺麗《きれい》に出来た！　くっつかない！」

「あぁ、やっぱり掌の温度が原因だったんだね」

「本当だ！　私もやってみようっと！」

成功したヤックが無邪気に喜び、それを見たヘルミーネもボウルで手を冷やして布巾で水気を拭き取ってから作業に入る。

そして、ヘルミーネもまた、喜びの声を上げた。

「見て見て、ユーリ！　完璧《かんぺき》じゃない？」

「本当だ。とっても綺麗だね、ヘルミーネ」

「掌の温度だけでこんなに違うなんて思わなかったわ。よーし、どんどん作るわよー！」

成功したことで途端に張り切るヘルミーネ。とても無邪気な姿だった。彼女の幼さの残る風貌《ふうぼう》には似合っている。長命な羽根人なので実年齢を考えるとツッコミが入るかもしれない。しかし、そもそも彼女は人間年齢に換算すれば外見通りの年齢なので、問題はない。

それに何より、無邪気に喜ぶ美少女は素晴らしい。その笑顔、プライスレスだ。

「丸めるのが終わったら衣を付けるんだけど、ヘルミーネ、それも手伝ってくれる？」

「任せて！」

「ありがとう」

手際よくジャガイモを形作りながら悠利が問いかければ、元気の良い答えが返った。コロッケの衣を付ける作業は、二人でも出来なくはない。しかし、工程が三つなので、三人でやるともっと楽に作業が進むのだ。

元気よく協力を約束したヘルミーネは、とても楽しそうだった。暇つぶしのお手伝いだが、上手に出来るのは嬉《うれ》しいし、頼りにされるのも嬉しいのだ。彼女は結構解りやすかった。

そんな感じで三人で協力し合い、コロッケのタネを丸める作業は完了した。次は衣を付ける作業なので、悠利とヤックは流れるようにその準備に取りかかる。

用意したボウルは三つ。それぞれに、小麦粉、卵液、パン粉が入っている。

「それじゃあ、僕が小麦粉、ヤックが卵、ヘルミーネはパン粉をお願い出来るかな？」

「了解」

「解ったわ」

配置が決定し、三人がそれぞれのボウルの前にスタンバイする。悠利がバットからコロッケのタネを取り出して小麦粉を付ける。余分な粉は落とし、形が崩れている部分を修整する。

そんな悠利から小麦粉の付いたコロッケのタネを渡されたヤックは、それをそっと卵液に潜らせる。全体がきっちり卵液でコーティングされるようにしっかりと沈め、形を崩さないようにしながら余分な卵液を切って隣のヘルミーネへと渡す。

ヤックはヘルミーネに直接渡すのではなく、パン粉がたっぷりと広がっている場所へとコロッケのタネを置いた。それに上からヘルミーネがせっせとパン粉をかけてコーティングする。全体にパン粉が行き渡ったのを確認すると持ち上げて、パタパタと余分なパン粉を落とす。

綺麗にパン粉が付いたコロッケを、ヘルミーネは新しいバットの上へと置いた。綺麗に出来て満足そうだ。そんな彼女の視界に、新しいコロッケのタネがパン粉の上に置かれた。

「こんな感じで良いのよね？」

「うん、完璧だよ、ヘルミーネ。続きもお願い」

「任されました！」

えっへんと胸を張って、ヘルミーネは再びパン粉に手を伸ばした。褒められて嬉しかったらしい。

三人で分担すれば、衣を付ける作業もとても簡単に終わる。やはり流れ作業は強い。二人でやると、どちらか一人が片手で別々の作業をしなければいけなくなるので。

衣を全て付け終えれば、後は揚げるだけだ。悠利とヤックは手伝ってくれたヘルミーネに礼を言って、次の作業に入る。油の準備をして揚げる係と、今までに出た洗い物を片付ける係だ。連携は大事です。

ヤックが洗い物を担当し、悠利が揚げる作業に入る。ヘルミーネは手を洗い、エプロンを外した後は、カウンター席に陣取って二人の作業をじーっと見ている。興味津々だった。

「すぐ揚げるから、待っててね」

「うん」

「ユーリ、オイラ洗い物が終わったら飲み物の準備するね」

「ありがとう」

悠利の言葉にヘルミーネは嬉しそうに頷《うなず》き、ヤックは次の段取りを口にする。何だかんだで時間は経っていて、もうすぐおやつの時間だったのだ。間に合って良かったというところだろうか。

熱い油の中に入れられたコロッケ達は、パチパチ、ジュージューと香ばしい音を立てている。揚げ物特有の匂いがふわりと漂って、くぅと誰かの腹の虫を鳴かせた。それが誰の虫かは解らない。

というか、全員の腹の虫なのかもしれない。

コロッケの中身は既に火が通っているので、衣が揚がれば完成だ。なので、悠利はくるくるとコロッケをひっくり返しながら、きつね色になるのを待っている。カラッときつね色に仕上げれば良いので。

「うん、出来た」

何度かひっくり返して両面を確認すると、悠利は満足そうに笑ってコロッケを引き上げる。バットの上に油切り用の網が載せられているので、そこで冷ませば余分な油が切れて出来上がりだ。

全てのコロッケを引き上げ、次のコロッケを油の中に入れてから、悠利は完成したコロッケを一つ、そっと小皿に取った。そして、箸《はし》とナイフで三等分にする。

「ヤック、ヘルミーネ、味見どうぞ。熱いから気を付けてね」

「うわっ、熱そう」

「私も食べて良いの？」

「ヘルミーネも手伝ってくれたからね」

「やったー！」

一足先に味見が出来ると解って、ヘルミーネはうきうきで万歳をした。そして、悠利が差し出した小皿からじゃがバターコロッケを手に取る。

揚げたて熱々なので、指先でちょんと摘まむようにしてしか持てない。それでも、まだ小さいので比較的早く冷めるだろう。悠利が三等分にしたので、空気に触れる面積が増えているのもある。

悠利とヤックもコロッケを手にして、ふーふーと息を吹きかける。熱々なので、流石《さすが》に彼らも冷ましてからでないと食べられない。

かぷり、と悠利はコロッケに齧《かじ》り付いた。サクサクカリカリの衣部分と、しっとりなめらかなジャガイモ部分の対比が素晴らしい。味付けは塩胡椒とバターだけだが、そのシンプルさが逆にほっこりする。

バターと、ジャガイモの旨味が優しいバランスで溶け合っているのだ。やはりジャガイモとバターの相性は完璧だと思う悠利。

それだけではなく、揚げ物というのもやはり大きい。揚げ物にすると、油の風味が追加されるのか、味が広がるのだ。

「ユーリ、これ、いつものコロッケよりなめらかで美味《おい》しいわ！」

「バターを入れたからかな？」

「味もね、バターの風味が生きてて凄《すご》く美味しい！」

「それは良かった」

あっという間に味見用のコロッケを食べ終えたヘルミーネは、満足そうに笑う。とっても美味しいと笑う顔は幸せそうだ。見ているこちらまで幸せになる。

そんな二人の会話を余所《よそ》に、ヤックはもぐもぐと味わうようにしてじゃがバターコロッケを食べている。コロッケ大好き少年のお眼鏡《めがね》に適《かな》っただろうかと悠利が視線を向ければ、恨みがましげな目があった。

何故《なぜ》そんな眼差しを向けられるのか解らない悠利は、きょとんとする。どうしたの？　と問いかければ、ヤックは唇を尖《とが》らせてぼやいた。

「ユーリ、狡《ずる》いや。次から次へと、色んな味の美味しいコロッケ出してくるんだもん」

「え？」

「あー！　一番が選べないー！」

どのコロッケも美味しいのに、また増えた！　とヤックが叫ぶ。悠利は意味が解っていないが、ヘルミーネは解ったらしい。呆気《あっけ》にとられている悠利に、説明をしてくれた。

「ヤックはコロッケ大好きでしょ？　きっと、自分の中でランキングでも作ってるのよ」

「……あぁ、なるほど。でも、コロッケ全般が好物なのにその中でもランキング作るものかな？」

「好物だからこそ、順番があるんじゃない？　そもそも、コロッケ、色んな種類がありすぎるのよ」

「まぁ、それもそうだね。まだまだ色々あるし」

「まだあるの!?」

「あ、聞こえてた」

ぶつぶつと呟《つぶや》いていたヤックが、悠利の発言が聞こえたのか叫ぶ。てっきり自分の世界に入っていると思っていた悠利は、彼に言葉が届いていたことに素直に驚く。

「色々あるし、自分で考えて作ることも出来るから、コロッケの可能性は無限大だよ？」

「……オイラ、一番が選べないのは何か困る」

「何で」

「何となく」

しょんぼりするヤックに、悠利は首を傾《かし》げるだけだった。そんな悠利と打って変わって、ヘルミーネは解る解ると言いたげに頷いていた。彼女の好物はスイーツだが、スイーツも同じ種類の味違いとかパターンが無限に広がるので、彼女も一番を決めるのに苦労しているのだ。

そんな二人をとりあえず放置して、悠利は残りのコロッケを揚げる作業に戻る。皆の分も揚げてしまわなければいけないので。

「大体、ジャガイモ以外で作ったものもコロッケだって言われて、オイラ本当に驚いたんだ」

「コロッケ、ユーリが作っただけでもいっぱい種類あるものねー」

「そうなんですよー」

ヘルミーネが話し相手になってくれるので、ヤックはつらつらと自分のコロッケへの思いを語る。ヘルミーネも、中身をスイーツに置き換えれば他人事とは思えないので、真剣に聞いていた。

ちなみに、悠利がアジトで作ったことのあるコロッケは、ヤックの言う通り、それなりの数だ。よく作るのは、一番シンプルなジャガイモとミンチとタマネギのコロッケだ。それ以外にも作ったことがあるのは、ツナマヨコーン、カレー風味、サツマイモ、カボチャになる。

そこに本日、めでたくじゃがバターのコロッケが追加されたのだ。しかも悠利の口振りでは、まだまだレシピがあるっぽい。ヤックが感情を持て余すのも無理はなかった。

ヤックにとって問題なのは、どのコロッケも美味しかったことだ。どれもこれも美味しいから、一番を選べないままなのである。

「ヤックー、盛り上がるのも良いけど、そろそろおやつの時間になるよー」

「え？　あ、ごめん！　飲み物の準備はしたから、オイラ、皆を呼んでくるよ」

「よろしくー」

悠利《ゆうり》に指摘され、ヤックは慌てて話を切り上げて走っていく。その背中を見送って、ヘルミーネは悠利に向けて呟いた。

「本当、ユーリって罪作りよねー」

「何が？」

「次から次へと美味しいものを出してきて、私達の胃袋をがっちり掴《つか》んじゃうんだもん」

「……え？　それ、何か悪かったの……？」

「悪くないわよ」

困惑する悠利に、ヘルミーネは楽しそうに笑った。日々美味しいものを食べたい&食べてもらいたいでしか生きていない悠利なので、ヘルミーネの言葉の意味を今一つ理解していなかった。

悠利が当たり前みたいに繰り返す、「皆に美味しいものを食べてもらおう」という行為が、どれだけ皆の心と胃を掴んでいるのかを、当人だけが解っていないのだ。美味しいご飯は心を豊かにしてくれる。何気ない日常を彩ってくれる。

勿論《もちろん》、悠利は食事の重要さを理解している。美味しいご飯は心と身体《からだ》の健康に必要不可欠だ。しかし、それを行っている自分が皆に大きな影響を与えているということは、ちっとも解っていないのだった。

それを悠利に言っても理解しないだろうし、のんびりとマイペースな悠利だから皆は彼のことが好きなのだ。打算も何もなく、ただ純然たる好意だけでやっていると解るからこそ。

なのでヘルミーネは、それ以上その話題を口にはしなかった。代わりのように、にこにこと楽しげに笑いながら口を開く。

「ねぇ、このコロッケ、お代わりの分はあるの？」

「小さく作ったから、数は結構あるよ。ただまぁ、争奪戦になったら、ちょっと解らないけど」

「負けないように頑張らなくっちゃ」

「珍しいね、ヘルミーネが甘味以外でそういう反応するの」

「だって、頑張って作ったんだもん」

食べたいと思うのは当然でしょう？　とヘルミーネは口元に人差し指を当てて笑う。小悪魔めいたその笑みは、彼女の愛らしい顔立ちによく似合っていた。

一生懸命頑張って作ったから、そして、味見をして美味しいのがよく解ったから、だから自分もお代わり争奪戦に参加するのだ。そう言いたげなヘルミーネに、悠利は頑張ってねと笑うのだった。

なお、シンプルなじゃがバターコロッケはかなり好評で、腹持ちも良いおやつということで争奪戦は賑《にぎ》やかに行われるのでありました。喧嘩《けんか》にはなっていないのでセーフです。

◇◇◇

「待って、待って、レレイさん待って……！」

「離せ、マリア……！」

ずりずりと美女二人に引きずられている男二人という異常な光景に、悠利は沈黙した。しかし、別に珍しい光景でもないという現実に、遠い目をする。

そう、この一見すると異質にしか見えない光景は、《真紅の山猫《スカーレット・リンクス》》ではちょこちょこ見られる光景なのだ。世も末だが、事実なのだから仕方ない。

引きずっているのは、マリアとレレイの肉弾戦派コンビ。

三度の飯より戦闘が好きで、職業《ジョブ》がそれを体現している狂戦士のマリアと、考えるより先に身体を動かす方が大好きな格闘家のレレイ。綺麗《きれい》な薔薇《ばら》にはトゲがある、を物理的なという意味で証明している女子二人だ。

対して、引きずられているのはウルグスとラジだ。

どちらも、女子二人と同じく肉弾戦派の前衛型だ。そういう意味では同類と括ってしまっても良いかもしれない。しかし、それをすると彼らは心の底から怒るだろう。ウルグスとラジは、別に女子二人のように戦闘大好きではないのだ。

ウルグスはまだ見習いながら、大人並みのしっかりとした体格に豪腕の技能《スキル》があるのでそれなりに戦闘は出来る。斥候系のクーレッシュとかならば、組み手をすればウルグスが勝利する確率の方が高い。

そしてラジは、前述の通り戦闘型だ。虎獣人の恵まれた身体能力を生かした、かなりの腕前の格闘家である。……ただまぁ、彼の場合は血が苦手という性質とやや引っ込み思案な部分もあいまって、自分からぐいぐいと飛び出していくようなところは、ない。

なお、ラジの引っ込み思案な部分は、生真面目な性格に起因している。しかし、マリアやレレイに振り回されているときには、その性質は出てこない。彼女達が相手のときは、全力で抵抗しなければいけないと身に染みているからだろう。

とりあえず、悠利の目の前で押し問答を繰り広げているのは、そんな四人だった。

「レレイー、マリアさーん、何やってるんですかー？」

ウルグスとラジがあまりにも必死に抵抗しているので、悠利は見かねて声をかけた。鼻歌を歌いながら男二人を引きずっていた女子二人は、そんな悠利の呼びかけにピタリと動きを止めた。

そして、今初めて悠利に気付いたとでも言いたげにパチパチと瞬《まばた》きを繰り返す。けれど次の瞬間には笑みを浮かべて、二人を引きずったまま悠利の方へとやってくる。

……何で引きずったままなんだろうと思ったが、そこはとりあえず横に置くことにした悠利だった。話が脱線しそうな気がしたので。

「やっほー、ユーリ」

「ユーリは休憩中かしらぁ？」

「ちょっと手が空いたので休憩してます。それで、二人は何をやってるんですか？」

「「ちょっと鍛錬しようかと思って」」

「……へー」

悠利の改めての質問に、女子二人は晴れやかな笑顔で答えた。とても晴れやかな笑顔だった。清々《すがすが》しいというか、心の底から楽しんでいるというか、とりあえず、物凄《ものすご》く素敵な笑顔だった。

……そう、笑顔は素敵だ。彼女達がそれぞれ、嫌がって抵抗する男子をその腕で掴んで引きずってきたという事実がなければ、素敵な笑顔だと思えただろう。

まったく悪気がないんだろうなぁと思いながら、悠利が視線をウルグスとラジに向ける。レレイに腕を掴まれたままのウルグスは、悠利に向けて告げた。

「俺はラジさんに鍛錬をしてもらおうと思ってただけなんだ」

「うん」

「ラジさんにお願いしただけなんだ」

「うん」

「俺が頼んだのはラジさんであって、レレイさんでもマリアさんでもないんだよ!!」

「……うん、凄く切実だっていうのは伝わったよ、ウルグス」

同じことを三回も繰り返すほどに、ウルグスはそこを主張したいらしい。悠利にもその言い分は理解出来た。どう考えても、女子二人に頼むよりラジに頼む方が安全だ。

そもそも、ウルグスは豪腕の技能持ちなので、人間の割に力が強い。その力を上手に使いこなす方法を習うという意味では、同じように強い力を持つ虎獣人のラジが適任だった。ラジは血の気は少なく、鍛錬の最中も落ち着いているので。

ラジもウルグス相手の手合わせを嫌がることはなく、予定もないので二人で鍛錬をしようとなったのだ。しかし、そこに現れたのがマリアとレレイの二人組。自分達二人だけの手合わせをアリーに禁止されている二人は、丁度良い相手が見付かったと言いたげに突撃してきたらしい。

切々と訴えるウルグスの話から情報を整理した悠利は、憐《あわ》れむように二人を見た。捕まっちゃったんだねと悠利が呟くと、二人揃《そろ》って嫌そうに視線を逸《そ》らすウルグスとラジだった。

「どうせなら、皆で一緒に鍛錬をすれば効率が良いと思っただけなのよぉ？」

「僕はウルグスと鍛錬をするつもりであって、マリアやレレイとするつもりはない」

「俺もラジさんにお願いしただけで、お二人とご一緒したいとは思ってません！」

「えー、何でそんなこと言うのー？　皆で鍛錬した方が楽しいってー」

妖艶《ようえん》に微笑《ほほえ》むマリアはラジにすげなく切り捨てられ、首を傾げながらウルグスの腕を引っ張るレレイは、彼に思いっきり嫌そうな顔をされていた。男女の間で越えられない溝が出来てしまっている。

ちなみに、マリアとレレイが二人だけで手合わせするのを禁止されている理由は、終わらないから、だ。体力お化けの肉弾戦派の女子コンビの手合わせは、彼女達の体力が尽きるまで終わらない。そして、ついうっかりやりすぎて周囲に被害をもたらしてしまうまでがセットだ。なので、アリーに禁止されているのである。

そんな血の気の多いコンビと鍛錬なんて真っ平ごめんだと言いたげに、ウルグスとラジは離脱を試みていた。彼らは普通の鍛錬をしたいだけであって、気を抜いたら大怪我《おおけが》をしそうな手合わせをしたいわけではない。

その場に、二人を止めることの出来る指導係の誰かが一緒ならまだしも、四人だけの鍛錬なんて意地でも断るという態度を崩さない。……過去に何かあったんだろうなと思ったが、そこには口を挟まない悠利だった。聞きたくなかったので。

とはいえ、嫌がる二人を無理矢理連れていくのはどうだろうと思ったので、そちらの方面で口を挟むことにした。

「マリアさん、レレイ、嫌がる相手を無理矢理参加させるのはどうかと思いますよ」

「あらでも、鍛錬の予定があったんだから、そこに交ざるだけよ？」

「そうだよ、ユーリ。交ざるだけだよ」

「でも二人は、四人で鍛錬をするのは嫌みたいだよ」

「何故《なぜ》かしらねぇ？」

「何でかなぁ？」

「「……」」

どうして自分達の相手をするのが嫌がられているのか、まったく理解していない様子の女性達だった。

いや、マリアは一応、把握はしている。しているので、ぼそりと「別に身内相手に殺しにかかったりはしないわよぉ」と呟《つぶや》いている。発言内容が案の定物騒なダンピールのお姉様である。

ラジは勿論マリアの発言が聞こえているので、反論の意を込めて床を強く踏んだ。聞こえているという意思表示だろう。マリアは楽しそうにころころと笑うだけで取り合わないが。

レレイの方は欠片《かけら》たりとも理解していない。ウルグスの腕を掴んだまま、「ねーねー、何でー？」と暢気《のんき》に問いかけている。無邪気だった。実に無邪気だ。なので、逆にタチが悪いともいえた。

そんな四人を見て、どうやって助け船を出したら良いのだろうかと悠利は悩む。マイペースな女子二人に悠利の言い分はなかなか通じない。割と本気で嫌がっているように見えるので、何とか止めてあげたい悠利なのだ。

悠利だって勿論、鍛錬の重要性は理解している。レレイとマリアが、純粋に強くなるために鍛錬を希望しているのだろうということも、解っている。

解っているが、それはそれ、これはこれ、だ。

「……アレ？　マグ？」

「……」

考え事をしていた悠利は、いつの間にか隣にいたマグに驚いた。元々足音や気配のしない少年ではあるが、いつまで経っても慣れないのだ。

そんな悠利の驚きなど知らないとでも言いたげに、マグはじぃっとレレイとマリア相手に必死に抵抗しているウルグスとラジの姿を見ている。一瞬の半分だけ、不愉快そうに眉《まゆ》が寄せられたのだが、悠利がそれに気付くことはなかった。

「マグ、どうかしたの？」

「あらぁ、マグじゃない。丁度良いところに来たわねぇ～」

悠利が問いかけるのと、マリアが楽しそうに声をかけるのがほぼ同時。マグはそのどちらにも答えず、やはり、じっとウルグスとラジを見ていた。いや、正確にはウルグスを見ていた。

マリアはラジの片腕を掴《つか》んだままマグの前にちょこんとしゃがみ込んだ。そして、微笑みを浮かべたままで言葉を続ける。

「ねぇマグ、貴方《あなた》も一緒に鍛錬、どうかしら？」

「……鍛錬？」

「ええ。これから、皆で一緒に鍛錬をしようと思っているのよぉ」

「マリア！　何度も言うが、僕とウルグスは全力で拒否してるからな⁉　いい加減にこっちの話を聞いてくれ！」

ラジの叫びを物ともせずに、マリアは相変わらず楽しそうに笑ったままマグを見ている。彼女にとって、ラジの反応は本気で嫌がっているように思えないらしい。身体を動かし始めたら問題ないだろうとか思っている。自分がそういう人種なので。通じないって悲しい。

マグはそんなラジを一瞥《いちべつ》してから、マリアの問いに答えずに動いた。レレイと攻防戦を繰り広げているウルグスの背中に、蹴《け》りを一つ入れる。

当然ながら、いきなり蹴られたウルグスが背後を振り返って叫んだ。

「痛いな⁉　何だよマグ、いきなり！　俺は今、レレイさんの相手で忙しし」

「用事」

「あ？　何言ってんだ？　用事なんて別に」

「用事」

自分の言いたいことが伝わらないことに腹が立ったのか、マグは再びウルグスの背中に蹴りを入れた。勿論《もちろん》、ほぼじゃれ合いなのでそこまで本気の蹴りではない。

……ちなみに、マグの蹴りがそれなりに綺麗なフォームで放たれたことを、レレイとマリアが笑顔で褒めている。対して、悠利《ゆうり》とラジは「いきなり人を蹴るのはよくない」という道徳的なツッコミを入れていた。両者の対比が色んな意味で残念だった。

蹴られた背中をさすりつつ、ウルグスは面倒くさそうにマグを見下ろす。そして、自分をじっと見上げる赤い瞳《ひとみ》から相手の考えを読み取り、大きく頷《うなず》いた。

「解った。呼ばれてるんだな。それで、お前が迎えに来たと」

「諾」

「レレイさん、マリアさん、そういうことなんで、俺、急用が入りました」

「えー？　そうなのー？　残念ー」

「あらまぁ、それは残念だわぁ」

ウルグスの言葉に、レレイとマリアは心底残念そうに嘆いた。けれど、用事のある人間を無理矢理付き合わせるつもりもないらしく、笑顔でウルグスを解放した。レレイにやっと腕を放してもらえたウルグスは、盛大にため息をついた後にぺこりと頭を下げる。

その隣で、マグが同じようにぺこりと頭を下げた。邪魔をして悪かったとでも言いたげな行動だ。

「それじゃ、俺はここで。ラジさん、また今度鍛錬付けてください」

「え？　待て、ウルグス、ちょ……」

「頑張れ」

「マグ、何でこういうときだけ普通に応援するんだ、お前⁉」

笑顔で手を振るウルグスと、その隣で淡々と応援の言葉を口にするマグ。明らかに自分が見捨てられたと理解したラジが叫ぶが、見習い組二人は何も答えずに去っていった。華麗なる撤退だった。

……その光景を見ていた悠利は、ちょっと思った。アレはもしかして、ウルグスを回収するための口実だったのではないか、と。だからウルグスの最初の反応がちょっと妙だったのではないか、と。

しかし、言わぬが花だと思ってお口チャックを続行した。真実はマグに聞いてみないと解らない。そのマグは、ウルグスと連れだってさっさと立ち去っているので。

そして、たった一人残されたラジは、両腕を腕力自慢の女子二人に掴まれていた。完全に捕獲された獲物の構図だ。一対一ならばまだどうにか出来たとしても、二人がかりではどう考えても分が悪い。

助けを求めるように視線を向けられた悠利だが、どうやればこの女子二人を止められるのかが解らずに、おろおろする。言葉は通じるのに会話は通じない、みたいになっているのだ。現実が世知辛い。

「それじゃ、三人で鍛錬しましょう？」

「そうしようー！」

「だから！　僕は嫌だってさっきから何度も言ってるだろ⁉　いい加減、理解してくれ！」

ラジ、渾身《こんしん》の絶叫。

しかし、それを聞いた女子二人は、不思議そうに「何で？」と首を傾《かし》げているのだった。ワーカホリックならぬ鍛錬ホリックである脳筋女子二人にしてみれば、何で鍛錬を嫌がるのかが解らないのだ。彼女達にとって鍛錬は、誰が相手でも楽しい楽しい時間なのである。

こんな風に騒いでいたら誰か大人がやってきて怒られるんじゃないかな？　と悠利が心配になった頃、ひょっこりと顔を出したのはリヒトだった。外から戻ってきたら大騒ぎをしているので、気になったのだろう。

「お前達、何やってるんだ？」

「あ、リヒトさん、お帰りなさい」

「お帰りなさい、リヒト」

「リヒトさん、お帰りなさい。助けてください！」

問いかけたリヒトを、レレイとマリアは笑顔で迎える。対してラジは、出迎えの言葉を告げた次の瞬間、切実な声で助けを求めた。

タイプの違う美女二人を両腕にくっつけているラジからの、本気の叫び。何となく状況を察したものの、それでも確認は必要だろうとリヒトは、悠利に視線を向けた。

「……ユーリ、説明を頼む」

「了解です」

傍観者として客観的な意見を求められているのだろうと理解した悠利は、自分が見聞きした範囲の情報をリヒトに伝える。説明を受けたリヒトは、一瞬だけ遠い目をした。またかと言いたげな顔だった。

けれど口にしたのはまったく別の言葉だった。

「マリア、レレイ、それだけ元気が有り余ってるなら、商業ギルドの手伝いに行ってきたらどうだ？」

「『商業ギルドの手伝い？』」

「あぁ。荷運びの人手が足りなくて困っているらしい。手伝えば報酬は払ってもらえるぞ」

「お手伝いかー」

身体《からだ》を動かすことが好きなレレイは、人助けに繋《つな》がるならとちょっと揺れていた。大してマリアは、あまり興味をそそられていない。彼女は戦闘訓練がしたいのであって、身体を動かしたいわけではない。ここがレレイとの違いだ。

しかし、リヒトもその辺りのことは理解している。だからこそ、マリアに向けて言葉を続けた。

「ちなみにその商人は、高級トマトを取り扱っているらしい。貴族も食べるような、とても美味《おい》しいトマトだと小耳に挟んだ」

「高級トマト」

「困っているところを助けたなら、報酬として現物支給をしてもらえるかもしれないぞ」

「レレイ、人助けよ～」

「わっかりましたー！」

トマト大好きダンピールのマリアは、あっさりとリヒトの垂らした釣り針に引っかかった。隣のレレイと腕を組んで駆けだしていく。なお、人助け&美味しいトマトがもらえるかもしれないということで、レレイに異論は存在しない。

元気に走り去っていった女子二人を見送って、悠利はちらりとリヒトを見た。今の情報の真偽を確かめるように。

「一応、全部本当のことだぞ？　商業ギルドの前を通りかかったらそんな話をしていた。かなり大量の荷物らしくて、人手が足りないんだと」

「それで、レレイとマリアさんですか？」

「あの二人なら、一人で五人分ぐらいは働けるだろ？　腕力的な意味でも、体力的な意味でも」

「「確かに」」

リヒトの説明に、悠利とラジは声を揃えて頷いた。物凄《ものすご》く実感がこもっていた。あの女子二人は、見た目の可愛《かわい》さ妖艶《ようえん》さと裏腹に、腕力も体力もお化けクラスなのだ。

しかし、トマトで釣られるところも、あの二人らしかった。

マリアはトマトで戦闘衝動などを抑えることが出来る一族の出身だ。トマトは彼女にとって平穏に生きていくための必需品ともいえた。それだけでなく、マリアは普通にトマトが好物だったのだ。なので、高級トマトに心惹《こころひ》かれても仕方ない。

レレイの方は基本的に何でも美味しく食べるので、食べ物に釣られたという方が正しいかもしれない。勿論、純粋に人助けをするのも好きなのだが。

何はともあれ、リヒトの機転によって救われたラジは、目の前の先輩に拝む勢いで感謝を伝える。

「リヒトさん、本当にありがとうございます。おかげで助かりました」

「いや、俺も情報を持ってて良かったよ。流石《さすが》に俺じゃ、一緒に鍛錬したとしてもあの二人の抑えにはなれないからなぁ」

「考えなしに暴れまくるあの二人が悪いんですよ」

「マリアは自覚があるのに暴れるのが困ったところなんだよなぁ……」

「本当にそれです……」

哀愁漂う男二人の姿に、悠利はうわぁと呟《つぶや》いた。常日頃、彼らが被っているだろう被害とか苦労とかが垣間見えた気がしたのだ。

そこでふと、悠利は前から気になっていたことを問いかけた。何となく聞くタイミングを逃していて、今まで放置していたのだ。

「ねぇラジ、一つ聞いて良い？」

「何だ？」

「ラジ、マリアさんは呼び捨てだけど、リヒトさんはさん付けだよね？　何で？」

「え？」

悠利の質問に、ラジは瞬《まばた》きを繰り返した。そして、真顔で答えた。端的に。

「年齢が上だろうが、立場が上だろうが、先輩だろうが、尊敬出来ない相手に敬称を付けて呼ぶのは一族の流儀に反する」

「一族の流儀⁉」

「戦士としての矜持《きょうじ》は常に忘れるな、と」

「そういう問題なの……？」

首を傾げる悠利に、ラジはこくりと頷く。彼にとってはそういう問題らしい。相手が雇用主ならいざしらず、そうでない限り、尊敬出来ない相手に敬称を付けるつもりはないのだという。なかなかに潔い流儀だなと悠利は思った。

思ったと同時に、マリアとリヒトの間に存在する明確な線引きに遠い目をした。いや、言いたいことは何となく解るのだ。会話が通じるとか、頼りになるとか、そういう意味でどちらに軍配が上がるかと言われたら、どう考えてもリヒトなので。

マリアに軍配が上がるとしたら、純粋な戦闘能力ぐらいだろう。悠利でもそう思った。

「ははは、ラジは大袈裟《おおげさ》だな。俺は別に、そんな風に尊敬されるような人間じゃないぞ」

「そんなことはないです。リヒトさんにはいつも助けられていますし、僕の目指す先でもあります」

「俺が？」

「はい。僕はリヒトさんの、誰かを護って戦える強さに憧《あこが》れているんです」

「そ、そうか」

気負った風もなく告げられた突然の賞賛に、リヒトは照れたように頬を掻《か》いた。そんな風に言われることが滅多にないからだろう。基本的に気の良《い》いお兄ちゃんという性格のリヒトは、困ったように笑う。

そんなリヒトとラジのやりとりを見ていた悠利は、何となく、何でラジがマリアやレレイに手厳しいのかを理解した。彼女達は確かに強いが、ラジが目標とする護る強さとはちょっと遠いのだ。

前衛職の面々は、何だかんだで攻撃型か防御型かみたいなところがある。ゲームのイメージで言うならば、アタッカーとタンク、戦士と騎士という感じだろうか。敵を切り崩すことに特化したタイプと、後衛を護ることに特化したタイプがいる。

身体能力や戦闘力という意味では文句はなくとも、元々の性格と戦闘スタイルが自分の目標と違う女子二人は、ラジの中で尊敬する先輩枠に入らないのだろう。まぁ、入っていなくても彼女達は何も気にしていないのだが。

「ラジ、時間があるならちょっと手合わせするか?」

「良いんですか?」

「あぁ。誰かに相手を頼もうと思っていたんだ」

「喜んで」

意気投合して去っていくリヒトとラジ。やや引っ込み思案というか遠慮をしてしまう性質があるラジなので、尊敬する先輩に自分から手合わせを願うことが出来なかったのだろう。とても嬉《うれ》しそうだった。

とりあえず色々と丸く収まったのを見届けた悠利は、はぁあと長く長く息を吐いた。《真紅《スカーレット・》の山猫《リンクス》》は今日も賑《にぎ》やかで、愉快で、楽しいのです。

「明日は平和だと良いなぁ」

仲間内で喧嘩《けんか》になるようなことは嫌だと思っている悠利の呟き。けれど、それを聞く者がいたならば、「ユーリも平和じゃなくなるようなきっかけを乱発してるのに？」とでも言われそうだ。無自覚に何かやらかすのは悠利クオリティなので。

しかしこんな前衛組の賑やかなやりとりが日常なのも、事実なのでした。元気なのは良いことです。多分。

ちなみに、マリアとレレイは二人で他の助力者の数倍の働きをしたそうで、報酬として高級トマトを持ち帰った。そのままで美味しいトマトは、夕飯に皆で美味しくいただきました。

閑話一　肉食さんにボリュームメンチカツ

「今日のお昼は、僕とアリーさんとブルックさんだけかー」

何にしようかな、と悠利《ゆうり》は洗濯物を干しながら考える。人数が少ない場合は食べる人に合わせて献立を考えるのだ。よく食べる成人男性二人なので、やはりここは肉が良いだろうかと考えを巡らせる。

そして、悠利は良いことに気がついた。

「あ。メンチカツの備蓄があったんだ。アレを揚げようっと」

三人分ならば、揚げるとしても悠利の胃への負担は少ない。……どちらかというと小食に分類される悠利は、大量の揚げ物をすると油の匂いでお腹がいっぱいになってしまうのだ。

ちなみにこのメンチカツの備蓄というのは、以前大量に作ったときに残しておいた分だ。アジトの冷凍庫には、そんな風にして悠利が備蓄している食料がある。冷蔵庫にも常備菜が入っている。時間がないときや、突然人が増えたときの対策だ。

保管場所を容量無制限の魔法鞄《マジックバッグ》になっている悠利の学生鞄ではなく冷凍庫にしているのは、誰でも使えるようにだ。例えば、悠利が出かけているときに誰かが使えるように。

「アレだけいっぱい作ったのに、もう備蓄に回した分しかないんだもんなぁ……」

皆よく食べたよねぇと悠利は呟く。大量に、それはもう大量に作ったのだが、身体《からだ》が資本の冒険者の食欲恐るべしという感じで消費されていったのだ。

洗濯作業を続けながら悠利は、ウルグスと二人で大量のミンチと格闘した日のことを思い出すのだった。


どどーんと目の前に並ぶミンチに、ウルグスは隣に立つ悠利を見た。その顔は、期待に輝いていた。

「ユーリ、これ、何にするんだ？」

「メンチカツを作ります」

「メンチカツってあの、ミンチを丸めて揚げるやつだよな？」

「そう、正解」

悠利の言葉に、ウルグスは嬉しそうな顔になった。ひき肉と揚げ物のコンボは食べ盛りには大変魅力的なのだ。

「それじゃ、タマネギの皮むきよろしく。みじん切りは僕がやるから」

「解った」

差し出されたタマネギを、ウルグスは真剣な顔で受け取った。ここで頑張れば美味しいメンチカツが食べられるということを理解したからだ。揚げ物の魅力は凄《すご》い。

悠利が作るメンチカツの具材は、ミンチとタマネギだけのシンプルなものだ。肉はバイソン肉とオーク肉の合い挽《あいび》きである。牛と豚の合い挽きのイメージだ。

ウルグスが洗って皮を剥《む》いたタマネギを、悠利は慣れた手付きでみじん切りにしていく。料理スキルレベルが高い悠利なので、目にも留《と》まらぬ早業《はやわざ》である。実に見事なみじん切りだ。

大量に作られていくタマネギのみじん切りは、大きなボウルにそのまま入れる。ミンチが大量ならば、タマネギもそれなりの量になるのだ。《真紅の山猫》は大所帯なので、沢山必要になるのも致し方ない。

しばらく二人で黙々と作業を続ける。タマネギのみじん切りが完了したら、次の工程だ。

「ボウルにミンチとタマネギ、後卵と調味料を入れて混ぜます」

「結構しっかり混ぜるのか？」

「具材が均等に混ざる感じで良いよ」

「解った」

悠利の説明に、ウルグスは頷《うなず》いた。そして、タマネギの入ったボウルにミンチを入れ、そこに卵を割る。最後に、調味料を入れるのは悠利だ。

「使うのは、酒、塩、胡椒《こしょう》、後最後に、隠し味」

「それ、ニンニクか？」

「うん。お肉とニンニクの相性は良いからね」

ボウルにニンニクをすりおろして入れる悠利。ただし、あまりニンニクを利かせすぎると皆が困るので、ほどほどにしておく。《真紅の山猫》の面々は外に出かけていくので、ニンニクの匂いをぷんぷんさせるわけにはいかないのだ。エチケットは大事です。

それでも、ほんの少しニンニクを加えることで風味が出る。食欲をそそる感じに仕上がれば御の字だ。

調味料が全て入ったら、ウルグスがボウルの中身を混ぜる。彼の方が手が大きいので、こういう作業は向いているのだ。悠利は楽しそうにボウルの中身を見ている。

ミンチとタマネギをせっせと混ぜるウルグスの顔は、嬉しそうだった。これが美味しいご飯になることが解っているからだろう。現金だ。

そうして具材が全部混ざったら、次はタネ作りだ。形を整える作業である。

「これを、掌に収まるぐらいの大きさに丸めるね。まん丸じゃなくて、平たくしてね」

「おう。こういう感じか？」

「そうそう。で、形が整ったら両手の間を移動させて空気を抜きます」

ハンバーグを作るときみたいな感じで、と悠利が続けた説明に、ウルグスはなるほどと頷いた。見習い組は悠利と一緒にご飯を作っているので、色々とレベルアップしているのです。

……そこ、それは冒険者やトレジャーハンターに必要な能力じゃないとか、言わない。料理が出来て困ることはありません。多分。

タネの形が整ったら、バットに並べる。二人でせっせと大量のメンチカツのタネを作るのだ。重ねるとくっ付いてしまうので、必然的にバットが幾つも必要になるが、気にしてはいけない。

何しろ、《真紅の山猫》には食べ盛りがいっぱいなのだ。ミンチと揚げ物のコンボなど、どう考えても大量に作っておかなければ追いつかない。

大量とはいえ、二人がかりならばそこまで時間もかからずに全てを丸めることは出来た。次の作業はと見てくるウルグスに、悠利はにっこりと笑った。

「次は衣を付ける作業なんだけど、一度冷やして脂を固めた方がやりやすいから、ちょっと休憩」

「了解」

「あ、その間に洗い物やっちゃおうね」

「解ってる、解ってる」

悠利に料理を習う過程で、段取りがどれほど大変かはしっかり身に染みている。念を押されなくても解っているウルグスだ。

悠利がバットを冷蔵庫に入れている間に、ウルグスはボウルや包丁、まな板を慣れた手付きで洗う。分担作業も段取りを考えての作業も、随分と身についている。

……だからそこ、料理の腕を磨く意味を問うのは止《や》めてください。生きていく上で必要な能力なので問題ありません。

洗い物をし、お茶を飲んで一服した後、二人は次の作業に取りかかる。準備するのは小麦粉、卵液、パン粉だ。それぞれ別のボウルに入れてある。

それらが準備出来ると、悠利は冷蔵庫からメンチカツのタネが入ったバットを取り出した。

「こんな感じになったよ」

「おー。何か脂身のところが白く固まってる」

「この方が崩れにくいからね。体温で溶けると形が崩れるから、気をつけてね」

「解った」

バットの中のメンチカツのタネは、冷蔵庫に入れる前とは色が変わった。脂身が固まって白くなっているのだ。心なしか形もしっかりしているように見える。

さて、ボウルは三つ、作業者は二人。必然的に一人は両手で作業をすることになる。

「それじゃ、ウルグスは小麦粉をお願い。全体に付けて、でも余分なのは落としてね」

「それは解ったけど、ユーリはどうするんだ？」

「え？　片手で卵液、片手でパン粉でやるけど？」

「……お前、どんだけ器用なんだ……」

それがどうかしたの？　と言いたげな悠利に、ウルグスはがっくりと肩を落とした。しかし悠利はケロリとしている。別に彼にとってはそこまで難しい作業ではないので。

気を取り直して、ウルグスはバットから取り出したメンチカツのタネに小麦粉をまぶす作業に取りかかる。赤いミンチが白く染まっていく。

全体にきっちり小麦粉が付いたのを確認すると、持ち上げて余分な小麦粉を落とす。そのときに力を入れすぎると形が崩れるので、ウルグスは細心の注意を払っている。何しろ、彼は力が強いので。

そうして小麦粉を付けたタネを、ウルグスはすぐ隣の卵液のボウルへと入れる。ちゃぷんと音を立てて卵液にタネが沈む。それを悠利が片手で器用に扱った。

タネを卵液の中でくるり、くるりと回転させて、全体にきっちりと卵液を纏《まと》わせる。それが出来たら、持ち上げて余分な卵液を切る。

卵液を切ったタネは、そのまま隣のパン粉のボウルへと移す。そこで使う手を変えて、パン粉を上から被せるようにかけてまぶす。ひっくり返し、裏面や側面も確認してパン粉が全体に付いたことを確認したら、持ち上げて掌の上で器用に転がして余分なパン粉を落とす。

それが終わったら、隣の綺麗《きれい》なバットへと並べる。これで衣付け作業は完了だ。

「……ユーリ、マジで器用だな」

「え？」

「何で片手で出来るんだよ……」

衝撃を受けているウルグスを、悠利は不思議そうに見ていた。彼にとっては普通のことだったので、何を驚かれているのかちっとも解らないのだ。手は二本あるので、二つの作業をやってもおかしくないだろうという感じで。

悠利に言っても通じないと理解したウルグスは、気を取り直して新しいタネに手を伸ばす。大量にあるのだから、手を止めている暇はないのだ。千里の道も一歩から。終わらせるためには一つ一つ進めていくしかないのである。

二人でせっせと作業を続け、大量のタネは全て立派なメンチカツになった。後は揚げるだけだ。

フライパンにたっぷりの油を入れて温める。油が温まったら、試食用のメンチカツを一つ、放り込む。バチバチという香ばしい音が響いた。

「これ、中身が生だから、結構しっかり揚げないとダメなんだよな？」

「そうだね。衣がきつね色になった頃合いを目安に引き上げて、半分に割ってみようか」

「おう」

具材に火が通った状態で衣を付けているコロッケと異なり、メンチカツは生のミンチとタマネギを丸めたものだ。ウルグスの考えは正しく、生焼け状態は何より忌むべきものである。どう考えてもお腹を壊すので。

一応メンチカツが浸かるぐらいの油を用意したが、念のため時々ひっくり返して両面がきっちり揚がるようにするのを忘れない。食欲をそそる香ばしいきつね色になっていくのが楽しい二人だ。

しばらくして、油のバチバチという音が減ったのと、衣がきつね色になったのを確認して、メンチカツを引き上げる。小皿の上で真ん中で半分に割ると、しっかりと火が通った茶色いミンチと透明なタマネギが見えた。

「うん、良い感じだと思う。それじゃ、味見しようか」

「いただきます」

「いただきまーす」

料理当番の特権もとい大切な仕事なので、ウルグスも悠利もためらいなく食前の挨拶《あいさつ》を口にした。半分に割ったメンチカツを、それぞれ口へと運ぶ。

揚げたては熱い。なので、ふーふーと息を吹きかけて冷ましながら、囓《かじ》る。熱いが、やはり揚げたての熱々を食べるのも醍醐味《だいごみ》なのだ。

香ばしく揚がった衣が、サクッという小気味良い音を立てる。衣のサクサク食感と、肉汁がじゅわーっと出てくるのが良い対比だ。どちらかだけではここまで美味《おい》しくないだろう。両方あるから美味しいのだ。

味付けは塩胡椒とニンニクでシンプルに仕上げてあるが、揚げたことでその風味がぶわっと口の中に広がる。揚げ物は、揚げることでひと味加わるので、何とも言えずに美味しいのだ。

やはり、ミンチと揚げ物のコンボは強かった。大正解だ。

「ウルグス、何かソースとかいる？」

「いや、これで十分美味《うま》い」

「良かった」

ウルグスの答えに、悠利《ゆうり》は嬉《うれ》しそうに笑った。どちらかというとあっさりした味付けを好む悠利を基準にすると、肉食さん達には物足りない可能性があるのだ。けれど今回は大丈夫だったようで、ウルグスは味わうようにメンチカツを食べている。

「それじゃウルグス、揚げるの頼んでも良い？　僕、洗い物するから」

「任された」

「よろしくお願いします」

笑顔で引き受けてくれるウルグスに後を任せて、悠利は洗い物に取りかかる。

つもりだったが、その前にメンチカツの入ったバットの中に一つだけあった小さなバットを手に取った。そして、蓋《ふた》を被せて冷凍庫に片付ける。

「ユーリ、何してんだ？」

「あ、少しだけ備蓄しておこうと思って。何かのときに使えるように」

「…………」

「食べる分はいっぱいあるから大丈夫だよ。それを見越して大量に作ったんだから」

「そうだな」

一瞬何とも言えない顔になったウルグスだが、悠利の指摘に大きく頷いた。メンチカツが入ったバットはまだまだあるのだ。揚げるのが大変なぐらいだ。食べる分はちゃんとあると理解して、作業に戻るウルグスだった。


そんな感じでウルグスと二人で作ったメンチカツが、本日の昼食である。パンと野菜スープとキノコのソテーもある。メンチカツの隣には千切りキャベツがどーんと載っているので、ボリューム満点に見える。

セッティングを終えて満足そうな悠利。振り返って一歩足を踏み出そうとしたとき、耳に声が届いた。

「ん？　今日は昼から揚げ物なのか？　準備が大変だったんじゃないか？」

準備が出来たので呼びに行こうと思っていたところでアリーがやってきたので、悠利は思わず笑顔になる。けれど思ったことは口に出さず、アリーの質問に答えることにした。

「パン粉を付けるところまでは、前にウルグスとやっておいたんです。これ、この間のメンチカツを揚げる前の段階で備蓄に回しておいた分なんです」

「そうなのか？」

「はい。今日みたいな日に使えるなーと思って」

「なるほど」

悠利の言葉に、アリーは納得したように頷《うなず》いた。人数が少ないときの食事は、悠利一人で準備をするので手間が省けるなら省けという感じだった。

悠利は確かにアジトの家事担当で、趣味も家事なので楽しく生き生きと料理もしている。それでも、いつもいつでも全力でやっていたら疲れるので、適度に手を抜くのは大切だ。

それに、手を抜いたからといって、不味《まず》い料理を提供するわけではない。美味しいけれどお手軽みたいな感じで生きている悠利なのだ。

とりあえず、悠利の説明で彼が一人で頑張ったわけではないと理解したアリーは、安堵《あんど》したように席に着く。油断すると一人で頑張りすぎる悠利の性格を知っているので、色々と気になったのだろう。保護者は大変だ。

「今日は随分と豪勢だな。ユーリ、準備が大変だったんじゃないのか？」

「「……」」

「……何だ、その顔は」

遅れてやってきたブルックが開口一番に告げた言葉に、悠利とアリーは何とも言えない顔になった。胡乱《うろん》げなブルックに答えたのは、悠利だ。その顔は笑顔だった。

「ブルックさんがアリーさんとまったく同じことを言ったので、ちょっと驚いたんです」

「そうなのか？」

「そうなんです。後、これは下準備が出来た状態で備蓄してる分なので、そこまで手間はかかってないです」

「そうか。それなら良いんだ」

付き合いが長いと感覚が似てくるのか、アリーとブルックの反応が同じだったことが悠利には面白いのだ。アリーは若干面倒くさそうな顔をしている。

そしてブルックはと言えば、別にそんなことはどうでも良いとばかりに、席に着く。悠利が続けた言葉で、無理をしていないと解ったからだろう。そうと解れば、美味しそうな食事を堪能する方が優先だった。

悠利もそれに続いて席に着く。なお、悠利が洗濯や料理をしている間にアジトの掃除を終えた従魔のルークスは、台所で美味しそうに生ゴミを食べている。お仕事と食事が一度に出来て一石二鳥である。

ついでに、油でべたべたに汚れたフライパンも綺麗にしてくれた。今日もとてもお役立ちなスライムだ。……従魔らしくないと言わないでください。主《あるじ》の仕事を手伝っているのだから、立派に従魔です。

「メンチカツ、味が薄かったら何かかけてくださいね」

「この間と同じ味なんだろう？　それなら俺はこのままで大丈夫だ」

「右に同じく」

「それなら良かったです」

二人の言葉に、悠利は安心したように笑った。美味しく食べてもらうのが一番なので、こういう確認は欠かせないのだ。

「それでは、いただきます」

「「いただきます」」

行儀良く唱和して、三人は食事に取りかかる。ちなみに、アリーとブルックのメンチカツは悠利の倍ぐらい盛りつけてある。多分それぐらい食べるだろうなという判断だ。

特に二人が何も言わないので、食べきれるんだろうなと思う悠利。身体《からだ》が資本で鍛錬を欠かさないアリーとブルックなので、食欲もそれなりにある。アリーも健啖家《けんたんか》だが、ブルックは大食漢を地で行くのだ。

「んー。サクサクジューシーで美味しぃー」

食べやすい大きさに割ったメンチカツを頬張りながら、悠利はふにゃっとした顔で笑った。衣のサクサクと肉の旨味がぎゅぎゅっと詰まっているので、何度食べてもやっぱり美味しいのだ。

最初はメンチカツだけを食べ、その次にメンチカツと千切りキャベツを一緒に口の中に放り込む。生キャベツのシャキシャキした食感と、メンチカツのしっかりした味が絡み合って絶妙の調和だ。

そもそも、キャベツとメンチカツの相性が悪いわけがない。何故《なぜ》なら、メンチカツの中にキャベツが入っているバージョンも世の中には存在するのだから。肉とキャベツの相性は良いのである。

そんな悠利の目の前で、アリーとブルックは豪快にメンチカツを齧っていた。悠利に比べて一口が大きい彼らなので、一口で半分近くは食べている。切り分けるより齧る方が早いのだろう。

ばくばくとかなりのハイペースで食べる二人だが、喉《のど》を詰まらせることもない。しっかり噛《か》まなければ消化に悪いことも解っているので、それなりの回数噛んでいる。それでもやはり一口が大きいので、悠利に比べて随分早く見えるのだ。

「メンチカツに味がしっかりついてるから、パンと一緒に食べても美味《うま》いな」

「パンとメンチカツの相性は良いですからね」

「ふむ。挟んで食べても美味そうだ」

「やりたきゃやれよ……」

アリーと悠利の会話を聞いていたブルックが、真剣な顔で呟《つぶや》く。どうでも良いことに本気オーラを出している仲間に、アリーは面倒くさそうな口調でツッコミを入れた。好きにしろと言いつつも、若干の呆《あき》れが滲《にじ》んでいる。

軽口を叩《たた》いて会話を続ける二人を見ながら、悠利はもぐもぐと口の中身を一生懸命噛んでいる。美味しいご飯を堪能していた。

同時に、二人の会話をちょっと面白いと思って聞いている。ブルックもアリーも、見習い組や訓練生がいないと、少しばかり気の抜けた会話をするのだ。周囲に人が少なければ少ないほど、彼らは普段と違う感じのやりとりをする。

唯一の例外は彼らのかつてのパーティーメンバーである調香師のレオポルドがいるときだが、あの御仁の場合はちょっと意味合いが異なる。元仲間という立場から、二人を相手にしても遠慮も容赦もしないのだ。必然的に彼らの会話は互いに歯に衣着せぬものになる。

……実は悠利は、彼らのこういうどうでも良い内容の会話を聞くのが、好きだった。

普段はとても頼りになるリーダー様と凄腕《すごうで》剣士様が、まるで自分達みたいな他愛《たわい》ない会話を軽快なテンポで繰り広げる姿は、ちょっと面白いのだ。勿論《もちろん》、口に出してそんなことを言えばアリーから拳骨《げんこつ》をもらいそうなので、絶対に言わないが。

「ユーリ」

「ふぁい？」

突然呼びかけられて、悠利は口の中に食べ物を詰めこんだまま返事をした。行儀が悪いことは解っているが、それでも呼ばれたからには聞こえているという意思表示をしたかったのだ。

何の用事だろうかと首を傾《かし》げる悠利の皿を指差して、アリーは質問を口にした。

「お前、それで足りるのか？」

「……？」

「俺達の皿に比べると随分と少ないが、足りてるのか？」

「……あ、大丈夫です。これ以上食べるとおやつが食べられない気がするので」

「そうか。それなら良い」

アリーが何を言いたいのかを理解して、悠利は口の中の食べ物を飲み込んでから返答する。心配はありがたいが、これ以上食べるとどう考えても胃袋が許容量を超えてしまうのだ。

アリーがそんなことを言い出したのは、自分達の皿に大量に盛りつけてあるのを見ているからだ。もしかしたら、万に一つの可能性で、自分達に譲ったのではないかと気になったのだろう。

しかし、悠利はちゃんと自分で考えているので問題はない。そもそも、食事は適切な量を摂取しなければ健康に悪いと思っているので、足りなければ他のおかずを準備するのが悠利だ。大食漢ではないが食べるのは大好きなので。

そんな悠利とアリーのやりとりを聞いていたブルックが、ぽつりと呟いた。

「今日も過保護だな、お父さん」

「誰がお父さんだ！」

「お前だ。うちの自慢のお父さんだぞ」

「ブルック、てめぇ真顔で喧嘩《けんか》売る癖、いい加減どうにかしろ」

「失礼な。俺は喧嘩を売ってなどいない。事実を口にしただけだ」

「いい加減にしろ」

怒気を含んだアリーの声にも動じず、ブルックはけろっとしている。相変わらずだなぁと悠利はそんな大人二人の会話を聞いていた。

とはいえ、ブルックの発言も間違ってはいない。《真紅の山猫《スカーレット・リンクス》》の頼れるリーダー殿は、強面《こわもて》な外見に似合わず面倒見が良くて優しい。メンバー達を気遣うアリーの優しさを、仲間達は愛を込めてお父さんと呼ぶのだ。

……いえ、嘘です。大半はうっかりお父さんと呼びかけることがあるだけですが、ブルックの場合はおちょくるために言っています。昔馴染《なじ》みはそういうものなのです。

三人きりだけれど賑《にぎ》やかな食事は、その後ものんびりと続くのでした。仲が良いのは素晴らしいことです。

第二章　ルシアさんの新作スイーツ

大食堂《食の楽園》の一角で、それは密《ひそ》やかに行われていた。

上客を迎える個室を使って行われているのは、この店の末娘であるパティシエのルシアが作った新作スイーツの試食会だった。主催者であるルシアは、今日この日のためにわざわざ足を運んでくれた知人に向けて深々とお辞儀をした。

「今日はお時間をいただいて本当にありがとうございます。試作品なので、素直な感想を教えていただけると嬉《うれ》しいです」

「任せて、ルシア！」

ルシアの言葉に笑顔で応えたのはヘルミーネ。店の常連であり、ルシアの友人、そして彼女の作るスイーツの大ファンでもあるヘルミーネは、とても嬉しそうだった。まだ店頭に並んでいない試作品を食べられるなんて、嬉しい以外の何物でもないのだから。

「ルシアさんの新作ケーキ、とても楽しみです」

ヘルミーネに続いて、悠利《ゆうり》もにこにこ笑顔で答えた。こちらもルシアのスイーツのファンなので、声をかけてもらえてとても喜んでいる。また、悠利はアイデアやアドバイスという方面でも期待されている。

もっとも、当人は美味《おい》しいスイーツを食べさせてもらえて嬉しいなぁぐらいのノリなのだが。悠利がぽろっと零《こぼ》す故郷のお菓子の話は、ルシアの良い刺激になっているのだ。当人はまったく気付いていないが。

「こうして招いてもらえるとは光栄だ」

淡々とした口調で告げるのはブルック。あまり表情や声に感情を出すことのないクール剣士殿だが、その目は柔らかく笑んでいる。クールな見た目だが甘い物が大好きなブルックは、ヘルミーネとスイーツ同盟を結ぶほどのルシアのスイーツのファンなのだ。喜ばないわけがない。

普段ルシアと直接言葉を交わすことはないが、ヘルミーネを通して感想を伝えているので、本日はブルックも招かれたのだ。何しろ、甘味大好きお兄さんなので舌が肥えている。何でもかんでも美味しいとは言わないのが、ヘルミーネと同じスイーツ通であった。

そんな晴れやかな三人に続いて、おずおずといった声が響いた。明らかに困惑している。

「あの、何故僕まで呼ばれたのだろうか?」

ルシアと面識もなく、スイーツにさして興味がない青年ラジは、思いっきり場違いな自分に困惑しながらも問いかけた。そう、何で自分が呼ばれたのかさっぱり解っていないのだ。

ラジはお菓子をあまり好まない。正確には、ヘルミーネやブルックが好む甘いお菓子を好まないのだ。甘くないお菓子ならば普通に食べる。

だからこそ彼は、こんなどう考えても甘味大好き人間を対象にしているとしか思えない場に、自分がいる意味が解らないのである。

そんなラジに、ルシアは柔らかな微笑《ほほえ》みを浮かべて答えを告げた。

「感想は一人でも多くいただければ嬉しいと思ったんです。そういう意味で、好みの異なる方がいたらお願いしたいとヘルミーネに頼んだんです」

「ラジ、甘い物はそこまで得意じゃないけど、食べられないわけじゃないでしょ？　うってつけかなって思って」

「……ヘルミーネ、お前な……」

こめかみを押さえながらラジが呻《うめ》く。頼まれると断るのが苦手な生真面目くんだが、文句はそれなりに口に出来るのがラジである。まぁ、本気で怒っているわけではない。ただちょっと、何で自分に頼んだと言いたくなっただけだ。

しかし、そんなラジの考えなど意に介さず、ヘルミーネは素晴らしい笑顔で言い切った。

「大丈夫！　食べられなさそうなのは、私とブルックさんで食べてあげるから！」

「いや、そういう問題じゃない」

「そうだな、任せておけ」

「ブルックさん、そうじゃないです……」

自信満々に言い切るヘルミーネに、ラジは静かにツッコミを入れる。しかし、彼の思いをまったく理解せず、ブルックまでノってくる。スイーツが絡むと若干ポンコツになる指導係の姿に、ラジは疲れたように肩を落とした。

普段は文句なしに尊敬出来るのに、スイーツが絡んだときは高確率でツッコミ満載になってしまうブルックなのだ。尊敬しているだけに切ないのだろう。がっくりしているラジの肩を、悠利はぽんぽんと叩いた。

「ラジ、元気出して。とりあえず、無理はしなくて良いから」

「……了解だ」

スイーツ同盟の二人よりはまだ悠利の方が話が通じるので、ラジはこくりと頷《うなず》いた。甘い物は得意ではないし、食レポが出来るわけでも料理に造詣《ぞうけい》が深いわけでもない。本当に、何でこんな自分が呼ばれたんだと思っているラジなのだった。

初っぱなから愉快に賑やかな悠利達を、ルシアはちょっと困ったような笑顔で見ていた。《真紅の山猫》の面々が賑やかなのはいつものことなので、彼女も少しは慣れているのだ。

それでは試食会を始めようとなった瞬間、悠利の足下で鳴き声が響いた。

「キュイ」

「え？　ルーちゃん、どうしたの？」

「キュキュー」

悠利の護衛役である従魔のルークスは、今日も悠利と一緒だった。いつもならば大人しくしているはずのルークスが、何故《なぜ》か悠利に何かを訴えていた。

じぃっと悠利を見上げて、ゆさゆさと身体《からだ》を揺さぶっている。しかし、悠利にはルークスの言葉の全てを理解することは出来ない。よく解らずに首を傾げる悠利に、ルークスはむにむにと床の上を這《は》い始めた。いつも、アジトで掃除をしているときのように。

そこで悠利はハッとした。

「ルーちゃんまさか、お掃除したいの？」

「キュ！」

そのまさかだと言いたげにルークスがぽよんと跳ねた。まさかの、お出かけ先でのお掃除希望である。いや、よくあることなのだが。

ブライトの工房とか、レオポルドの店である《七色の雫《しずく》》とか、ダレイオスとシーラの《木漏れ日亭》とかを訪れたときは、よくやっている。顔馴染《かおなじ》みの彼らは、ルークスの掃除の腕前を知っているので快く許してくれるのだ。

しかし、ここは大食堂《食の楽園》だ。

ルシアはこの店の末娘で、今ではパティシエとして働くお姉さんだが、決定権は持っていない。勝手に掃除をさせて良いものかと、悠利は困った顔でルシアを見た。

「ユーリくん、どうかしたの？」

「えーっと、ルーちゃんがお掃除したいらしいんです」

「お掃除って、どこを？」

「お店の床とか、油汚れのついた調理器具とか、だと思います」

「え？」

何で？　と言いたげな顔になるルシア。その反応も無理はない。彼女はそこまでルークスとの付き合いは深くないのだ。いつも悠利が連れている可愛《かわい》いスライムぐらいにしか思っていない。

そこでルークスが動いた。決定権はルシアにあるのだと思ったらしい。

「キュイ、キュピ、キュキュー」

ぺこぺこと頭を下げるように、自分が這った後の床の上を示す。そこは、他の箇所よりピカピカになっていた。

勿論《もちろん》、元が汚かったわけではない。きっちり清掃されている。しかし、それよりも更にルークスが綺麗《きれい》にしただけだ。お掃除能力がどんどんレベルアップしているスライムだった。

「あの、ユーリくん？」

「こういう感じで綺麗にするので、床掃除をしても良いかって聞いてるんだと思います」

「キュピ！」

困惑するルシアに、悠利はあははと笑いながら説明する。その説明はちゃんと合っていたのか、ルークスがその通りだと言いたげにぽよんと跳ねた。

キラキラと目を輝かせる愛らしいスライム。しかし、要求しているのは掃除の許可だ。色々と間違っているが、《真紅の山猫》の面々にとっては慣れたことなので、誰もツッコミを入れなかった。いつものことなので。

しばらく困惑したように考えていたルシア。やがて答えが出たのか、しゃがんでルークスと目線を合わせてから告げる。

「それじゃあ、この部屋の掃除をお願い出来るかしら？　他の場所は、お客様もいらっしゃるし、従業員も驚いてしまうから、ここだけでお願いね」

「キュピ！」

許可が出たことで俄然《がぜん》張り切ったルークスは、ぽよんと跳ねた後にぺこぺこと頭を下げるようにした。そして、うきうきで部屋の床を這い始める。……何故かお掃除が大好きになってしまっているスライムなのです。

小さく鳴きながら床掃除を始めるルークスを、皆は微笑《ほほえ》ましく見つめる。本気を出したら物凄《ものすご》く強いのに、今そこにいるのはうきうきで掃除をする愛らしいスライムなのだ。とても可愛かった。

「それじゃあ、試食をお願いしますね」

気を取り直したようにルシアが告げると、皆はこくりと頷いた。テーブルの上にずらっと並ぶ新作ケーキの数々に、ラジ以外の三人はとっくの昔にうきうきしていたので。

大皿から小皿に移されたケーキを、悠利達は受け取る。普段提供されるよりも小さく切り分けられているのは、二種類のタルトだった。

「新しくメニューに増やそうと思っているタルトです。ブルーベリーとラズベリーのタルトとオレンジのタルトです」

「どっちも美味しそう！」

「ありがとう、ヘルミーネ。食べて味の感想を聞かせてね」

「はーい！」

二種類のタルトを前に、ヘルミーネは声を弾ませる。どちらもとても美味しそうなので、今から食べるのが楽しみなのだろう。彼女は笑顔のままフォークを二種類のベリーのタルトへと向けた。

タルト生地はフォークで切れる程度には軟らかかった。食べやすい大きさに切り、ヘルミーネはぱくんとタルトを口に入れる。甘さ控えめのタルト生地と、濃厚なカスタードクリームがハーモニーを奏でる。そして、最後に彩りを添えるのはブルーベリーとラズベリーだ。

口の中で噛《か》むと、ぷちんと弾《はじ》けて果汁が広がる。酸味と甘味が口の中で混ざり合い、何とも言えない美味しさ。

「美味しぃー」

ふにゃんと表情を緩めて、ヘルミーネは絶賛する。彼女は美味しいスイーツが大好きで、ルシアの作るスイーツの大ファンだ。勿論、相手がルシアだろうと好みではなかった場合はこんな風に喜ばない。つまり、このタルトはヘルミーネの口に合ったということだ。

言葉などなくても、その表情が雄弁に物語っている。美味しい、と。そんなとても解りやすいヘルミーネを、ルシアは嬉しそうに見ている。良かったと言いたげだ。

悠利ももぐもぐと口を動かしている。流石《さすが》ルシアのケーキだけあって、タルト生地一つとってもとても美味しい。製菓のスキルを持ったパティシエであり、長年努力してきた彼女の研鑽《けんさん》の賜《たまもの》だ。

「とても美味しいな」

「ありがとうございます」

あまり顔にも声音にも感情を出さないブルックだが、今はいつもよりも随分と柔らかい雰囲気になっている。甘味大好きなクール剣士殿も、ルシアのタルトに舌鼓を打っていた。顔を見てしっかりと告げられた感想に、ルシアはぺこりと頭を下げている。

ブルックもまた、ヘルミーネと同じくスイーツにはちょっと煩《うるさ》い。大抵のものは喜んで食べるが、舌が肥えているのは事実だ。その彼が美味《おい》しいというのだから、このタルトは問題なく美味しいということだ。

勿論、味の好みは十人十色。誰もが美味しいと告げるものを作り出すのは難しい。それが解っているからルシアも、試食をヘルミーネだけにしなかったのだ。

絶賛している二人の会話を聞きながら、悠利《ゆうり》はオレンジのタルトに手を伸ばす。

こちらはベリーの代わりに食べやすい大きさに切ったオレンジが載っている。その上に、とろりとした同色の液体がかかっているのは、オレンジジャムだろう。甘い匂いが漂ってくる。

こちらも、フォークで簡単に切ることが出来た。このタルト生地、食べやすくて良いなぁと悠利は思った。一口にタルトと言っても生地に種類があり、固さも様々なのだ。手に持って囓《かじ》る方が良いのでは？　みたいな固さのものもある。それを思えば、ルシアのこのタルトは、フォークで食べやすいように作られていた。

その辺りもルシアの凄《すご》いところだ。見た目や味だけでなく、食べやすさも気にして作っている。

それもこれも全ては、美味しく食べてほしいという彼女の願いだ。

そんな風に一生懸命なルシアを知っているから、悠利も真剣にケーキを味わうことに決めている。本職にアドバイスが出来るような技量は持っていないが、意見ぐらいは出せたら良いなと思うのだ。

「んー、オレンジとカスタードの相性、最高ー」

口に入れた瞬間にじゅわっと広がるオレンジの果汁と、カスタードクリームが混ざって美味しさが爆発する。とろとろ濃厚のカスタードクリームにオレンジの風味が追加されるのだ。そしてそれを包み込むタルト生地という調和だった。

オレンジなので酸味はほぼないが、それでも後味をすっきりさせる爽《さわ》やかさは健在だった。ベリーの濃厚な味わいとはまた違う、いくらでも食べられそうな味がそこにある。

「ルシア、どっちもとっても美味しいわ。早くお店に並べてね。買うから！」

「出来れば、数量限定でなく、季節メニューか通常メニューにしてもらえるとありがたい」

「ブルックさん、切実な気配がするんですけど」

「限定メニューを買うのは至難の業《わざ》だからな……」

「そうですね……」

身に覚えがあるのか、ヘルミーネの表情が陰った。ルシアのスイーツは王都で大人気なので、数量限定メニューになると、どうしても争奪戦が繰り広げられるのだ。何せ、一切の予約取り置きが不可能なので。

ルシアは最初、友人であるヘルミーネにこっそり取り置きをしようかと言ってくれた。しかし、ヘルミーネはそれを断った。彼女はルシアのスイーツのファンだ。ファンゆえに、友人の仕事とは真摯《しんし》に向き合いたかったのである。

……まぁ、その決意は美しかったが、それで数量限定メニューを買えずに悔しい思いをしたこともある。リベンジに燃えて、別の機会にちゃんと購入していたが。

とにかく、そんなわけで二人にとっては、この新作タルトがどの位置のメニューとして並ぶのかは、とても重要な問題だった。特に、多くの女性客に交ざって買いに行くのが難しいブルックには。

なお、別に店側が客の性別や年齢をどうこう言うわけではない。単純に、女性の多い場所へ買いに行くのがブルックには難易度が高いだけだ。クール剣士なので、甘い物が好きなように見えないというのもあって。

悠利とかレオポルドとかの、自分の性別をあんまり気にしていない面々だと問題ないのだが。彼らは常連だ。限定メニューも購入してうきうきしている。特に美貌《びぼう》のオネェは自分へのご褒美に美味しいスイーツを買い求めるところがあるので。

「えーっと、今のところは通常メニューに加える予定なので、安心してください」

「やった！」

「そうか。それは助かる」

「販売を開始したら連絡するわね、ヘルミーネ」

「うん！」

ルシアの言葉に、ヘルミーネとブルックは目に見えて解るほどに上機嫌になった。彼らにとっては大切な話なのだ。スイーツ同盟は今日も仲良しだった。

そこでルシアは、のんびりとタルトを食べている悠利に視線を向けた。もぐもぐと咀嚼《そしやく》の真っ最中の悠利は、不思議そうに首を傾《かし》げる。どうかしました？　と目で問いかける悠利に、ルシアは静かに問いかけた。

「ユーリくん、何か気になったところはないかしら？」

「気になったところ、ですか？」

「えぇ。美味しいって言ってもらったけれど、何か気付いたことがあるなら言ってほしいの」

「……」

ルシアの言葉に、悠利は少しだけ考え込む。彼女は真剣だった。悠利が口にした美味しいという感想を信じている。ヘルミーネとブルックの絶賛も喜んでいる。その上で、悠利に何かないかと聞いたのだ。

悠利は、ゆっくりと口を開いた。

「少し気になるとすれば、ベリーのタルトのカスタードクリームは改良出来るんじゃないかと思いました」

その言葉を、ルシアは真剣な顔で受け止めた。ヘルミーネが眉《まゆ》を寄せて、どういうこと？と呟《つぶや》いたが悠利は意に介さない。ブルックは傍観者に徹している。……そしてラジは、先ほどからずっと、無言でちまちまとタルトを食べていた。

ラジは感想を言えるだけの語彙《ごい》がないので、とりあえず黙々と食べているのだ。甘い物は得意ではないのでゆっくりだが、それでも食べているので美味しいのだろう。無理に食べなくて良いというのは再三伝えてあるので。

ルシアが先を促すように頷《うなず》いたので、悠利は言葉を続けた。

「オレンジの方は思わなかったんですけど、ベリーの方はカスタードとベリーがちょっとぶつかってるかなと思いました。カスタードが濃厚すぎる気がしたというか」

「なるほどね。もう一度カスタードクリームを見直してみるわ」

「あくまでも僕の感想ですし、美味しかったのは本当ですよ？」

「ええ、解っているわ、ユーリくん。それもふまえて、貴方《あなた》の意見を参考にさせてもらうわね」

「はい」

悠利とルシアが解り合ったように目で会話をするのを、ヘルミーネは不思議そうに首を傾げて見ている。彼女には解らないかもしれないが、悠利はこれが自分に求められている役割だと理解しているのだ。

ヘルミーネもブルックも、舌が肥えているので本当に美味しいときにしか美味しいと言わない。お世辞を口にすることはない。それは事実だが、同時に彼らはあくまでも食べる側としてしか感想を言わない。

この中で唯一、悠利だけは作る側として創意工夫に関する感想を述べることが出来る。あくまでも素人の意見ではあるが、作り手として覚えた違和感を伝えることは可能だ。そして、ルシアがそれを願っていることも悠利は解っている。

ルシアが悠利に求めたのは、些細《ささい》な違和感があれば教えてもらうことだ。改良をするしないはルシアの自由であるし、その方向性を決めるのもルシアだ。けれど、悠利が覚えた違和感を聞くことによって、ルシアは刺激を受けることが出来る。それが必要なのだ。

意見という意味では、この場にただ一人いる甘い物が得意ではないラジの存在も、ルシアにとっては大きい。なので彼女は、無言を貫いているラジに声をかけた。

「ラジさん、何か気になったことや感想はありますか？」

「……僕は皆みたいに言えることはないんだが」

「難しく感じず、率直な感想で大丈夫ですよ」

食レポが出来るだけの語彙があるわけでも、知識があるわけでもないラジは、ルシアの言葉に困ったような顔をした。真面目で優しい性格をしているので、色々と真剣に考え込んでしまうのだろう。気軽にと言われてそれが出来るかどうかは、個人差だ。

それでも、問われたならば答えるのが筋だと口を開く。

「どちらのタルトも、僕には少し甘いけれど全て食べることが出来ました」

「あの、無理に食べていただかなくても良かったんですよ？」

「そうよ。無理に食べなくても、私かブルックさんが食べるんだから」

「いや、そうじゃないんだ」

ラジの言葉にルシアとヘルミーネが案じるように口を開く。その二人の言葉を笑って遮って、ラジは言葉を続けた。その顔に浮かぶのは、柔らかな表情だった。虎獣人らしく強面《こわもて》なラジだが、感情が顔に出ると剣呑《けんのん》さが和らぐ。

「このタルト生地が美味しくて、ついつい全部食べてしまった」

「……タルト生地が、ですか？」

「出来るなら、この生地だけで食べたいぐらいに美味しかった。あんまり甘くなかったし」

「ラジ、それタルトじゃなくてただのクッキーになるから！」

正直に感想を伝えたラジに、ヘルミーネのツッコミが飛んだ。タルトは上にクリームや果物を載せて食べるから、タルトなのである。その生地だけで食べたいってどういうことなのか、彼女にはまったく解らない。

ラジの言葉に、ルシアは嬉《うれ》しそうに笑う。甘い物が苦手だと言ったラジが、こんな風に伝えてくれたのが嬉しかったのだ。

「ラジさん、ありがとうございます。クリームと果物を載せるので、今回は甘さを控えめにしてあるんです。気に入ってもらえて良かったです」

「あぁ、やっぱり甘さ控えめだったのか。食感も味も、とても良かったです」

「ありがとうございます」

ルシアとラジの間で交わされる会話は穏やかで、実に微笑《ほほえ》ましい。ルシアはどんな形であれ喜んで食べてもらえたことが嬉しいし、ラジはそんな自分の感想で彼女が喜んでくれているのが嬉しいのだ。平和な世界だった。

納得していないのはヘルミーネだ。

ルシアの作ったタルトはどちらも絶品で、彼女はそれをとても美味しいと思って食べていた。ラジが全部食べきったぐらいだから彼も美味しいと言うと思っていたのに、まさかの生地だけで食べたいとはどういうことなのか。タルトなのにとぼやくヘルミーネである。

その彼女の肩を、ブルックがぽんと叩《たた》いた。顔を上げたヘルミーネと視線を真っ直《す》ぐ合わせたまま、ブルックは告げる。

「ヘルミーネ、ラジの発言にも一理ある」

「何でですか!? タルトは、ちゃんとタルトになってるのを食べるから美味しいんですよ、ブルックさん！」

「落ち着け。そして聞け」

「……はい」

ブルックの言葉に反射的に噛《か》みつくように叫んだヘルミーネ。しかし彼女は次の瞬間、静かな威圧を纏《まと》ったブルックによって大人しくなった。真剣なブルックの顔を、真剣に見ている。ヒートアップしていたヘルミーネを視線や圧だけで大人しくさせることに成功しているブルックに、悠利とラジはそっと小さな拍手を送った。聞こえないぐらいの小さな拍手だ。感情に任せて叫んでいるときのヘルミーネを大人しくさせるのは、至難の業だ。それをあっさりとやってのけるブルックを彼らは尊敬した。

しかしその尊敬は、ブルックの発言で脆《もろ》くも砕け散った。色んな意味で。

「甘味が苦手なラジに生地だけで食べたいと言わせた彼女のタルト生地は、最強ということにならないか？」

「はっ！ 確かに！」

「その最強の生地の上に絶品のクリームと果物が載っているんだ。このタルトは最強ということだ」

「そうですね！ ルシアのタルトは最強！ 美味しい！」

「うむ」

熱く盛り上がるスイーツ同盟。ルシアは困ったような顔で笑っているが、ツッコミは入れなかった。ヘルミーネのテンションには慣れているので、放置する方が良いと思ったのだろう。ブルックに関してはちょっと驚いていたが。

ツッコミを入れたのはラジだ。二人には聞こえていないが、言わざるを得なかったのだろう。

「変な話題に僕を巻き込まないでほしい……」

「ラジ、どんまい」

「何であの二人は、スイーツが絡むとポンコツになるんだろう……」

「……好きだからじゃないかなぁ」

尊敬するブルックのポンコツっぷりに耐えられなかったのか、ラジはしょんぼりと肩を落とした。そこは悠利《ゆうり》にもどうにも出来ない話題だったので、彼はそっと目を逸《そ》らした。何も言えなかったので。

今食べたタルトがどれだけ絶品で素晴らしいかを語り合っているヘルミーネとブルック。ちょっとテンションがおかしいが、当人達はとても楽しそうだ。

そんな二人を放置して、悠利とルシアも話を弾ませている。今でも十分美味しいタルトを、もっと美味しく食べやすく改良する方法はないか二人で相談しているのだ。実に仲の良いことだ。

「……」

放置されることになったラジは、沈黙した。何で自分はここにいるんだろうと思ってしまった彼は、悪くない。とりあえず口直しに紅茶を飲むラジ。

手持《ても》ち無沙汰《ぶさた》で、何となく仲間外れみたいな気分になったラジは、せっせと床掃除をしているルークスが近くに来たときに、尻尾《しっぽ》でその頭を撫《な》でた。虎の尻尾で撫でられて、ルークスは不思議そうにラジを見上げる。

「キュピ？」

「掃除、お疲れ。綺麗《きれい》になってるな」

「キュ！」

褒められたと気付いたルークスが、嬉しそうに小さくぽよんと跳ねた。目を輝かせるルークスの頭を、ラジはもう一度尻尾で撫でた。

その視線は、ルシアが持ってきたケーキへ向けられている。今タルトを二種類食べたが、まだまだ試作品のケーキは残っていた。この試食会は始まったばかりなのだ。

「……食べられる分だけにしておこう」

ぼそりと独り言を呟くラジ。ルシアのケーキは美味しいが、甘味が得意ではないラジはあんまり食べると胸焼けするのだ。残すのは本意ではないが、ルシアの許可も取っているので配分は自分で考えようと決意した。

斯《か》くして、パティシエ・ルシアの新作ケーキの試食会は、賑《にぎ》やかなままだまだ続くのでした。

◇◇◇

ルシアの試作品のケーキをたっぷり堪能した一同。とてもご機嫌な面々の中で、約一名、少しばかり浮かない顔をしている者がいた。ラジだ。

最初のタルトこそ生地が美味《おい》しいと食べきったラジだが、やはり甘い物が苦手な彼にはなかなか酷な役目だったのだろう。別に不味《まず》いとは言わないが、胸焼けに近い感じになっていた。

それならそれで無理に食べなければ良いのだが、試食会に呼ばれたのだからそれぞれ一口は食べなければならないだろうと頑張ったのだ。その辺り、ラジはとても真面目さんだった。ルシアは何度も無理をしなくて良いと言ったのだが、当人がそうは出来なかったのだ。

なお、ラジが食べられなかった分は、ヘルミーネとブルックの二人が美味しくいただいた。主にブルックの胃袋に消えていった感じだ。甘味大好きな大食漢の剣士殿の胃袋は、まだまだ余裕があるらしい。

「ラジさん、大丈夫ですか？」

「あー……、お気遣いなく。水を飲んだら落ち着いてきたので」

「それなら良いんですけど……」

自分が試食会に招いたので、無理をさせたのではと心配そうなルシア。けれどラジは自分の判断で選んだので、気にしないでほしいと再三繰り返している。

ちなみに、ラジは胸焼けしているし、悠利は何だかんだでお腹がいっぱいになっているのだが、ヘルミーネとブルックは正規品を注文して食べていた。せっかく《食の楽園》に来たのなら、食べたいものを食べてから帰ろうと思っているらしい。胃袋が強すぎる。

「ブルックさんはともかく、ヘルミーネ、よく食べられるよね……？」

「え？」

「僕、美味しかったけど流石《さすが》にお腹いっぱいだなぁ」

「何言ってるのよ。甘い物は別腹なのよ？」

「……そっかー」

僕の胃袋はそうなってないなぁ、と悠利は小さく呟《つぶや》いた。いっぱい食べていつもよりぽっこりしている気がするお腹を、何度も撫でている。どう考えても別腹にはならなかった。

というか、別腹という表現を使うのならば、それは食事をした後にスイーツを食べる場合になるのでは？　と思った。ヘルミーネはケーキばかり食べていたのに、まだ入るのだ。意味が解らない。

「ヘルミーネの別腹、随分大きいんだね」

「ルシアのケーキは美味しいもの。いくらでも食べられるわ」

「解る。これだけ美味だと、メニュー全制覇も容易《たやす》い」

「全制覇はちょっと無理ですけど、いっぱい食べられるのは私も同じです！」

悠利の言葉に、ヘルミーネは満面の笑みで応えた。それはもう、晴れやかで素晴らしい笑顔だ。美少女の無邪気な笑顔、プライスレス。

そんなヘルミーネにブルックは淡々と同意する。ルシアが提供しているスイーツメニューはそれなりの数があるのだが、大食漢のブルックにかかれば全制覇も容易いのだろう。平然と言っている。ヘルミーネの胃袋では全制覇は無理だが、それでも料理よりは食べられるのは事実なのだろう。うきうき笑顔で追加注文を考えているぐらいなので。

そんな二人のやりとりを聞いていたラジが、疲れたような声でぼそりと呟いた。

「……スイーツ全制覇……」

「ラジ、何で考えちゃうの……」

まるで何か恐ろしい魔物について語るような声音だった。うっかり想像してしまったのだろう。脳裏に大量のスイーツを思い浮かべたラジが、それだけで胸焼けを起こしたのか呻《うめ》いていた。

苦手なものを自分から想像してどうするのとツッコミを入れる悠利だが、一応ラジを労っている。彼が頑張ってくれたことも知っているからだ。

口直しにどうぞとルシアが用意してくれたサンドイッチを、悠利はラジの前に置く。とりあえずこれでも食べなよという意思表示に、ラジは頷《うなず》いた。口の中に残る甘さを、サンドイッチで消してしまえば幾分楽になるかもしれない。多分。

しっとりとした食パンに、ハムとレタスが挟んであるシンプルなサンドイッチ。食べ慣れた感じのその味に、ラジは癒やされていた。ルシアのスイーツは確かに美味しいが、やはり甘い物が苦手な彼には落ち着かなかったのだ。食べられないわけではなかったのだが。

そこでふと、ラジは思ったことを口にした。

「ルシアさん、甘くないスイーツって作れないんですか？」

「え？」

「甘さ控えめのスイーツがあったら、僕みたいに甘い物が苦手でも食べられるなと思ったんですが」

ラジの提案に、ルシアは不思議そうな顔をした。スイーツというのは基本的に甘い物だ。甘味を求めて食べに来るのだから、それで間違っていない。その根本を否定するようなラジの言葉に、彼女が混乱したのも無理はない。

美味しそうにプリンを食べていたヘルミーネが、唇を尖《とが》らせてツッコミを入れる。

「何言ってるのよー。スイーツは甘いから美味しいのよ？」

「解ってる。それは解ってるから、怒るなヘルミーネ」

「じゃあ、何でいきなりそんなトンチンカンなことを言い出したのよ」

「食べに来る客の全てが、甘い物が得意とは限らないだろ」

「へ？」

首を傾《かし》げるヘルミーネに、ラジは説明を続けた。その説明は実に的を射ていた。スイーツが好きで食べに来ている面々にとっては落とし穴のような思考だった。

「この店でスイーツを目当てにやってくるのは、基本的に女性客だと聞きました」

「えぇ、女性のお客様が多いですね。ユーリくんみたいに自分が食べるために来てくださる男性客もいますけど」

「大半の男性客は、女性の付き添いだとしたら、その彼らが食べやすいスイーツがあればと思ったんです」

「あ……」

ラジの言葉に、ルシアは驚いたように目を見開いた。ラジの言い分はこうだ。

家族や親しい女性と一緒に来店した甘い物が得意ではない男性客に、彼らでも食べやすいスイーツを提供することで皆が楽しく来店出来るのではないか。

また、別に男性客に絞らなくとも、甘い物が苦手な女性もいるだろうし、口直しとして甘さ控えめのスイーツは好まれる可能性がある。そういった層にアピールするための、甘さ控えめのスイーツはどうだろうか、と。

完全に盲点を突かれたルシアは、ぱちぱちと瞬《まばた》きを繰り返している。甘味が大好きなヘルミーネとブルックは何を言っているのか解らないという顔をしているが、悠利はなるほどと頷いていた。口直しはありがたいし、皆が楽しめる可能性を作るのは良いことだ。

「確かに、それは一理ありますね。今まで考えもしませんでした」

「普通は甘いスイーツを求めて来店すると思うので、それで普通だと思います。ただ、仮に付き合いで来店したとしても、そこで食べやすいスイーツがあれば嬉《うれ》しいなと思っただけなんです」

「新しい視点をありがとうございます。良ければ、もう少しアイデア出しに付き合っていただけますか？」

差し出がましいことを言っただろうかとラジが若干申し訳なさそうにしているのに対して、ルシアは晴れやかな笑顔だった。自分が気付いていなかった視点を教えてもらえて、とても感謝している顔だ。

ヘルミーネとブルックは、相変わらずよく解っていなかった。彼らにとってはルシアの甘くて美味しいスイーツを食べるのが至福なので、わざわざ甘くないスイーツを用意してもらう意味が理解出来ないのだ。

それでも、別に邪魔をしない程度には空気を読んでいた。もとい、自分達に関係のない話題だと理解して、二人揃《そろ》って目の前のスイーツに集中していた。美味しいスイーツを堪能する方向に切り替えたらしい。

再三付け加えるが、彼らは試食会で山盛りスイーツを食べている。新作ケーキは幾つもあったのだ。その中から商品化されるのは一部かもしれないので、この機会を逃してなるものかと全部食べていた。

つまり、彼らの胃袋にはそれなりのスイーツが収まっているはずなのだ。それなのにこの食欲。甘い物は別腹と言うが、甘い物ばかりで腹を満たしているはずなのにどうなっているんだという感じだった。もはやツッコミを入れるのも面倒なので、誰一人何も言わないが。

「甘さにも色々な種類があると思うんですが、どういう甘さが苦手ですか？」

「僕はクリームや砂糖の甘さはあまり得意じゃないです。果物の甘さは平気なんですが」

「それなら、味を果物主体にすればまだ食べやすいということでしょうか？」

「あくまで僕は、ですが」

ルシアの質問に、ラジはあくまでも一個人の感想だというスタンスを崩さずに答える。ルシアもそれは解っているので、参考の一つにするだけだ。

そんな二人の会話を聞きながら、悠利《ゆうり》は今日食べたケーキを思い出す。ラジが比較的普通に食べていたのは、クリームが少ないものや、チーズ系だった。確かに、他に比べれば甘さ控えめだった気がしなくもない。

「ラジ、チーズっぽいのは平気だったよね」

「チーズは食べる」

「後、カスタードクリームは微妙だったけど、生クリームはそこまで反応しなかった気がするんだけど」

「食べてみたら、そこまで甘くなかったからな」

悠利の質問に、ラジはきっぱりと言い切った。カスタードクリームは基本的に甘いものだが、生クリームは店によって趣が異なる。ルシアが作る生クリームは、牛乳の味を生かした甘さ控えめのものなのだ。

ルシア本人はそのことに気付いていないのか、不思議そうな顔をしている。他店に比べて自分の作る生クリームが牛乳の風味を生かしていることを、彼女は知らないらしい。

なので、悠利が説明を買って出る。

「ルシアさんの作る生クリーム、他のお店より砂糖が少ない印象なんです。牛乳の風味が生きてるというか」

「そうかしら？　一応甘さも考えて作っているのよ？」

「はい、知ってます。でもラジが食べられたってことは、甘さ控えめですよ」

にこやかな笑顔で悠利が告げると、ラジがこくりと頷いた。

ラジは当初、目の前に生クリームたっぷりのロールケーキが出てきて、怖じ気づいたのだ。生クリームは甘い物だと知っているので、あんまり食べられないな、と。

けれど、いざ食べてみれば牛乳の風味が生きており、そこまで甘くはなかった。……まぁ、代わりのようにロールケーキの生地の方がちょっと甘かったので、そこでラジはギブアップしそうになったのだが。余談である。

「つまり、生クリームももう少し甘さ控えめにして作れば、食べやすくなるかもってことかしら？」

「少なくとも、カスタードクリームよりは食べやすいものが出来るんじゃないかと思います。カスタードは濃厚さが売りですし」

「そうなのよねぇ。カスタードはやっぱり、濃厚な旨みと甘さが魅力だと思うから、あんまり薄味に出来ないの」

どうしたら良いかしら？　と真剣に考えるルシア。ラジは知識もアイデアもないので、とりあえず大人しく黙っている。悠利はそんなラジが何を食べていたのかを参考に、ルシアと意見交換をしている。

「さっぱり系のチーズケーキとかどうでしょう？　オレンジとかレモンの風味を利かせる感じで」

「砂糖を控えめにして、果物の味とチーズで調整する感じかしら」

「そんなイメージです」

真剣な顔で相談をしている悠利とルシア。甘い物が苦手なラジが告げた、チーズと果物は平気という意見を参考にしているのだ。

普段は甘くて美味《おい》しいスイーツの新作を考えているルシアだけに、意識を切り替えるのはなかなか難しいらしい。

けれど、来店する全てのお客様に喜んでもらえる可能性を知った彼女は、やる気に満ちていた。そして、そんなルシアを悠利は応援する気満々なのだ。仲良きことは美しきかな。

「キュイ」

「……ん？　ルークス、何してるんだ？」

「キュ？」

床掃除を終えて大人しくしていたはずのルークスの声が聞こえて、ラジが問いかける。彼の視線の先では、ルークスがうにょーんと身体《からだ》の一部を伸ばしてテーブルの上の食器に触れていた。

そしてそのまま、呆気《あっけ》に取られているラジの目の前でぱくんと食器を呑《の》み込んでしまう。ごろんごろんと体内で動かした後に取り出して、そっとテーブルに戻す。その繰り返しだ。

……つまるところ、ルークスは皆が食べ終わった食器を自主的に綺麗《きれい》にしていた。暇だったのかもしれない。

「……一応聞くが、頼まれたわけじゃないよな？」

「キュー？」

「自発的にこれをやるとか、本当に規格外……」

何のことー？　と言いたげに身体を傾けるルークスに、ラジはがっくりと肩を落とした。愛らしい見た目を裏切るハイスペックは今日も健在だった。

ラジがこんな反応をしたのには、意味がある。従魔になるような魔物達は比較的理性的だが、それでも知能レベルは個体差が大きい。そして、スライムはそこまで賢い種族ではないのだ。

少なくとも、ルークスの見た目から想像される下級から中級のスライムでは、ここまでの賢さは存在しない。命令されもしないのに、自発的に自分に出来ることを考えて行動するなど、どう考えても規格外だ。

ただし、ルークス本来のスペックを考えればその程度のことは当然だった。見た目は愛らしいサッカーボールサイズのスライムだが、その本性はエンシェントスライムと言われるレア種であり、その中でも突然変異に該当する変異種。更に付け加えるならば、生まれつき能力が桁外《けたはず》れに高い名前持ち《ネームド》でもある。

……どう考えてもオーバースペックだ。

「いや、手伝いが出来て偉いな、ルークス」

不思議そうに見上げてくるルークスを、とりあえずラジは褒めた。手を伸ばして撫《な》でてやれば、嬉しそうに身体を揺らす。ルークスは褒められると解りやすく喜ぶのだ。

掃除と生ゴミ処理は自分の仕事だと思っているルークスなので、ここでも仕事をしようとしたのだろう。悠利とルシアが真剣に話し込んでいるので、確認を取るのは後回しにしたらしい。

あーでもない、こーでもないと甘さ控えめのスイーツについて相談している二人は、とても楽しそうだ。話している内容のほとんどはラジには意味の解らないことだったが、一応聞き耳は立てている。どのタイミングで意見を求められるか解らないからだ。

とりあえず、サンドイッチの残りを食べることにしたラジ。甘い物ばかりを食べ続けて幸せそうなヘルミーネとブルックの気持ちは、彼には解らない。このサンドイッチの方がずっと美味しく感じられる。

とはいえ、ルシアの作るスイーツが不味《まず》いかというと、そうでもない。甘い物が不得意なラジが、苦手意識を持たずに美味しいと思って食べることが出来たケーキもある。ただ、量を食べると胸焼けしてしまうだけで。

料理において、誰もが好む味付けというものは存在しない。だから、誰もが美味しく食べられるスイーツも存在しない。

けれど、ラジのような甘い物が苦手な人々でも美味しく食べられるスイーツがあれば、それは新しい可能性になるはずだ。少なくとも、この店に同行する、あまり甘い物が得意ではない人々に喜ばれることは間違いない。

実際、ラジがそうだ。《食の楽園》の雰囲気は嫌いではないし、皆が楽しそうに食べている空間に交ざるのも嫌ではない。その中で、自分も彼らと同じように美味しいと思ってスイーツを食べられたら楽しいだろうなと思ったのだ。

そんなどう考えても個人的な我が儘《まま》でしかない気持ちから出た意見を、ルシアは真剣に受け止めて考えてくれている。立派な人だなとラジは思った。自分の仕事に誇りを持って、出来ることを必死に模索する姿は尊敬に値した。

「ラジ、どうかした？」

「え？　あぁ、ルシアさんもユーリも一生懸命だなと思って」

「甘さ控えめの美味しいスイーツが作れたら、女性人気も出るだろうって思って」

「何で女性人気？」

そこは男性人気じゃないのかとツッコミを入れたラジに、悠利は大真面目な顔で言い切った。

「ラジ、甘さ控えめの場合は砂糖が少なくなるよね」

「なるな」

「必然的に、カロリーが減ると思う」

「…………うん？」

「ヘルシーなスイーツになると思うんだ、僕」

「あ」

厳かに告げられた言葉に、ラジは小さく声を上げた。

カロリー。それは体重を気にする女性の天敵である。そしてそのカロリーは、揚げ物とか甘い物とかの美味しいものにいっぱい含まれている。

もしもそのカロリーを減らすことが出来て、それなのに美味しいスイーツなんてものが作れたら。どう考えても、美容と健康を気にする女性達に注目されること間違いなしだった。新しい可能性すぎる。

「これは甘さ控えめスイーツだから食べても大丈夫、みたいな思考になると思うんだよね」

「僕は時々、お前の頭の中が解らない。何でそんなに女性心理が解るんだよ」

「え？　家族の口癖だったから」

「……家族の口癖？」

何だそれ、とラジが不思議そうに問いかければ、悠利はケロリと答えた。

「僕、姉が二人に妹が一人なんだよね。だからそういう話題が多くて」

「物凄《ものすご》く納得した」

「後、レオーネさんもそういうこと言ってたし」

「そこにあの人を入れるのはちょっと待て」

「え？　何で？」

「何でって……」

悠利の姉や妹が言っていた内容ならば女性心理として間違っていないと思ったラジは、最後にぶっ込まれた美貌《びぼう》のオネェの名前にツッコミを入れた。

確かにレオポルドは並の女性以上に美容と健康に気を配る素敵なオネェさんだ。胃袋は男性なのでそれなりによく食べるし、スイーツにも目がないのにすらりとしたスタイルを維持している。その彼の発言ならば説得力はあるかもしれないが、交ぜないでほしいと思ったラジだった。

ルシアはそんな二人の会話をにこにこしながら聞いている。レオポルドは店の常連さんでもあるので、彼女とも面識がある。どんな人物か解っているだけに、悠利の発言を普通に受け入れているのだろう。

「でもほら、甘さ控えめのスイーツは、色んな人が美味しく食べられそうじゃない？」

「それはまぁ、解るけど」

「試作品が出来たら、味見役はラジだよ」

「僕なのか⁉」

「だって、ラジが食べられるかどうかっていうのが、基準の一つだもん」

「……そうか」

言い出しっぺの法則が盛大にラジの頭に突き刺さった。自分が言い出したのだから、味見で確認するのは仕方ないと割り切るべきなのだろう。

ラジががっくりと肩を落としているのは、別に試食するのが嫌だからではない。自分に食レポが出来ないのが解っているので、上手に感想が伝えられないと思っているだけだ。頑張ったルシアに報いられないという意味で。

しかし、そんなことは最初から解っているので、悠利もルシアも気にしない。彼らにとって重要なのは、ラジが美味しく食べられるかどうかなのだから。

「試作品が完成したときには、試食をお願いしますね」

「頑張ります」

「ルシア！　それ、私も食べたい！」

「はいはい。勿論《もちろん》ヘルミーネにもお願いするから、安心してね」

「やったー！」

ルシアの新作を食べる権利を獲得して、ヘルミーネはご機嫌だった。彼女はルシアのスイーツの大ファンかつルシアの友人なので、割とそういう機会に恵まれるのだ。ルシアも感想を欲しがっているので、どちらにとっても得しかない。

そんな風に大はしゃぎするヘルミーネを、ブルックが静かな表情で見ているのだった。……そこで自分も交ぜろと言い出さない程度には、一応大人なブルックさんでした。

賑《にぎ》やかな試食会後の団欒《だんらん》は、新たなスイーツの可能性を求めてまだまだ続くのでした。楽しそうで何よりです。

◇◇◇

「そういえば、僕、かき氷について思ったことがあるんですけど」

のんびりとした口調で悠利《ゆうり》が口を開けば、皆の視線が彼に集中する。それを別に気にせず、悠利はいつもの調子で言葉を続けた。……彼はいつでもどこでもマイペースなのです。

「かき氷のサイズ、もうちょっと小さく出来ませんか？」

「え……？」

「お店で提供してるサイズだと、大きすぎないかなぁと思って」

悠利の言葉に、ルシアはぱちくりと瞬《まばた》きを繰り返した。何を言われているのか解らないという感じだった。

ルシアがここ《食の楽園》で提供しているかき氷は、まるでパフェのように煌《きら》びやかなかき氷だ。果物やクッキーが載っているし、濃厚なソースがたっぷりかかっている。ちょっと贅沢《ぜいたく》なかき氷なのである。

かき氷の知名度は、ルシアが建国祭の屋台で売り出したこともあって、それなりに知れている。お客様からの評判も好調だ。だからこそルシアは、悠利が何故《なぜ》そんなことを言い出したのかが解らないのだ。

けれど、悠利には結構重要なことだった。

「ルシアさんのかき氷って豪華仕様じゃないですか？　なので、結構お腹いっぱいになっちゃうんですよね」

「でも、値段を考えるとあれくらいの分量になってしまうわ」

「それも解るんですけど、僕、思うんです」

「ユーリくん？」

悠利はぐっと拳《こぶし》を作った。真剣な顔をしてルシアに告げる。

「あのかき氷じゃ、お代わり出来ないって！」

「「……………」」

力一杯叫んだ悠利に、皆の視線が突き刺さる。きょとんとしているルシア。呆《あき》れ顔のラジ。いつも通りの表情のブルック。不思議そうなルークス。

そして、悠利の発言がじわじわと染みこんだのか、ぱぁっと顔を輝かせたヘルミーネ。

「解る！　すっごく解るわ、ユーリ！　まさにその通りよ！」

「あ、ヘルミーネが解ってくれた」

「ルシアのかき氷とっても美味《おい》しいし、色んな味があって食べ比べしたいのに、一つが大きすぎてなかなか次に手が出ないのー！」

「そう、それ！　僕が言いたいのはまさにそれだよ、ヘルミーネ！」

意気投合する悠利とヘルミーネ。ぽかんとしている一同をそっちのけで、二人で大盛り上がりをしている。それぐらい、彼らには切実だったのだ。

ルシアのかき氷は美味しい。ゴージャスで見た目も素敵だし、味も文句なしだ。しかも、フレーバーの種類も多い。

しかし、だからこそ、選べない。幾つも食べたいと思ってしまう。けれど、分量が多いから、食べることが出来ないのだ。

ここで重要なのは、悠利もヘルミーネも値段に言及していないところだ。彼らは美味しいものにはそれに相応《ふさわ》しい対価を支払うのが当然だと思っている。なので、かき氷の値段が高くても気にしない。ゴージャス仕様なので。

重要なのは、サイズである。幾つも食べたいという彼らの願いを叶《かな》えてくれない、大きな器が悪いのだ。

「えーっと、二人とも……？」

「ルシア！　ルシアはもっと、自分が作るスイーツが美味しいことを自覚して！」

「え、あの、ヘルミーネ？」

「ケーキはともかく、かき氷は器が大きすぎるの！　色んな味があるのに、一度に一個しか食べられないなんて悲しい！」

「ご、ごめんなさい……？」

いつにないテンションで叫ぶヘルミーネの剣幕に圧倒されて、ルシアは思わず謝った。悠利はそんなヘルミーネの隣でうんうんと強く頷《うなず》いている。どうやら同感らしい。

そんな三人のやりとりを、ブルックは静かな顔で見ていた。彼は胃袋が大きいので、別に今のサイズのかき氷でも何も困っていないのだ。だから、悠利とヘルミーネの悩みや悲しみは彼にはまったく解らなかった。

ついでに、そこまでスイーツに欲求がないラジにも解らない。

何であの二人はあんなに盛り上がれるんだろうかと、遠い目をしている。それでもツッコミを入れようとしない程度には、処世術を身につけているラジだった。今口を挟んだら、どう考えても三倍返しぐらいで言い負かされる気がしたので。

「僕としては、建国祭で提供していたサイズにしてくれたら嬉《うれ》しいなって思ってます。あのサイズならお代わり出来るので」

「解るー！　食べやすい大きさだったよね！」

「提供する値段を考えると、あの大きさではちょっと無理があるから」

「「えー」」

ルシアの返答に、悠利とヘルミーネは残念そうに声を上げた。彼らの言い分を聞いても、ルシアにだって理由はあるのだ。

建国祭のときは、かき氷の知名度を上げるためにも食べやすい大きさ、手が出やすい価格で提供していた。屋台で販売し、食べ歩きをしてもらうことも考慮してだ。

けれど、店で提供する場合はそうはいかない。

特にここは、貴族も訪れるような大食堂《食の楽園》なのだ。あまり安い金額で料理を提供出来ないという側面がある。大衆食堂ではないのだから。

勿論ルシアも、二人の意見を頭から否定したいわけではない。いつも相談に乗ってくれるし、幾つものアイデアをくれる二人だ。大切な友人でもある。だから彼らの願いを叶えたいという思いもある。

それでも、何をどうすれば良いのかは、彼女にも解らないのだ。

ルシアを困らせることが目的ではないので、悠利はうんうん唸《うな》りながら考える。何か良いアイデアないかなぁという感じだ。自分達の希望が通って、ルシアが困らない方法が見つかれば良いのに、と。

「一つ、聞いても良いだろうか」

「あ、はい。何でしょうか、ブルックさん」

「提供する値段は現状を維持したいということだな」

「はい。店の適正価格がありますから」

ブルックの質問に、ルシアは静かに答えた。その発言に頷いて、ブルックは自分の考えを述べた。

「同じ値段で、小さな器《うつわ》で二つ提供するのはどうだろう」

「え？」

「はい？」

「ブルックさん、それです‼」

ブルックの提案の意味が解らなかったらしいルシアとヘルミーネと違い、悠利は一度で食いついた。頭の中でカチリと何かが繋《つな》がったのだ。

「ルシアさん、半分弱ぐらいの大きさの器で、二種類の味を選べるようにしたらどうでしょう？　勿論、今まで通りの大きさで販売するのも継続で」

「えーっと、ユーリくん？」

「大きなサイズで食べたい人は従来通りで良いんです。でも、幾つも食べたい人のために、同じ値段で小さな器で二つ提供するセットを作ってみたらどうかなって」

「……つまり、お客様に好きな味を選んでもらって、一度に二つ食べてもらえるようにするってことかしら？」

「そうです」

悠利の説明に、ルシアは真剣な顔で考え込んだ。彼女の美点は、他人からもたらされた意見をいつでも誠実に取り入れようとするところだ。その柔軟さが彼女の最大の強さかもしれない。

ちなみに、悠利が脳裏に思い浮かべたのは、日本で時々見かけるハーフ＆ハーフセットみたいな料理の販売方法である。ラーメンとチャーハンとか、酢豚とエビチリとか、選択肢の中から二つを選んで美味しく食べる感じの。

もしくは、アイスクリームのダブルやトリプルだ。同じ大きさで積み上げる店もあるが、少し小さめで二種類、三種類と注文出来る店もある。

そういったノリで、ルシアの素敵でゴージャスなかき氷もハーフサイズを二つ食べられれば幸せだなと思ったのである。あくまでも自分がそうだったら嬉しいなを伝えているだけなのがミソだ。

悠利もヘルミーネも、ルシアのスイーツを堪能したいとしか思っていない。

「すぐには無理だけど、ちょっと考えてみるわ。器とか、どの程度の盛り付けで価格帯をどうするかとかも含めて」

「ありがとうルシア！」

「こちらこそ、ありがとう。やっぱり実際に食べてくれる人の意見は大事ね」

抱きつくヘルミーネに微笑《ほほえ》みかけて、ルシアは嬉しそうに告げる。彼女にとっては、二人の我儘《まま》じみた意見もありがたい参考意見になるのだ。生の声は大事だ。

自分の意見が解決策に繋がったと理解して、ブルックは満足そうに頷いている。彼自身は別に現状のメニューでも困っていないが、スイーツ仲間が困っているのは見過ごせなかったのだ。

実に心温まる友情だった。……約一名、会話に全く入れないラジの存在を無視しても良いのならば、であるが。

そんなラジの方を、話に熱中していた悠利が突然振り返る。そして、大事なことがあると言いたげな顔で質問をしてきた。

「あ、ねぇねぇ、ラジ」

「ん？　どうした、ユーリ」

「ラジ、かき氷なら味付けによっては食べられるんじゃない？」

「は？」

良いことを思いついたと言いたげな悠利に、ラジは瞬きを繰り返す。いきなり何を言われたのかまったく解っていなかった。

悠利が言いたいのは、かき氷は氷なので、味付けさえ注意すればラジでも美味しく食べられるのではないかということだ。他のスイーツと違って、ベースはちっとも甘くないので。

とはいえ、この店で提供されているルシア作のかき氷は、ゴージャス仕様だ。フルーツソースにカットフルーツ、焼き菓子まで載っている素敵に美味しいかき氷なので、どう考えてもラジには食べられない。甘すぎて。

そこで、フレーバーの見直しだ。

「かき氷って、氷だから別に甘くないでしょ？　だから、ソースをそれほど甘くないのにしたら美味しく食べられるんじゃないかなって」

「あら、それは素敵だわ、ユーリくん。どんなのなら大丈夫かしら？」

「フルーツソースを甘さ控えめにして、焼き菓子も甘くない感じのものをトッピングするとかですか？」

「何をどうすれば甘くなくても美味しくなるかしらね」

ラジに話題を振ったのに、悠利《ゆうり》とルシアの間で会話が進む。ラジは口を挟まなかった。彼には何をどうすれば良いのかよく解らなかったからだ。

ただ、二人が自分のように甘い物が苦手な者でも美味しく食べられるかき氷を考案しようとしてくれているのだけは、よく解った。それは確かにありがたい。

何せ、夏真っ盛りだ。暑い季節に、冷たい食べ物は重宝される。そういう意味で、かき氷にはラジもちょっと興味はあったのだ。

……ただ、建国祭で見かけたときに、甘そうだから止《や》めておこうと思っただけで。

だから、そんなに甘くないかき氷ならば食べてみたいと彼が思ったのも事実だった。

「ふむ。甘さを控えめにしたかき氷か」

「ブルックさん？」

「それはそれで気になるな」

「私も気になります。ルシアだったら、たとえ甘さ控えめでも絶対に美味しいものを作ってくれるのが解ってますから」

「そうだな」

「……」

安定のスイーツ同盟の発言に、ラジは何も言わなかった。というか、自分が何を言っても多分聞いてないなと思ったからだ。

　かき氷といえどもルシアの作るのはゴージャス仕様。カロリーはそれなりにある。なので、甘さ控えめで美味しければ罪悪感を抱かずに食べられるというのも、年頃のお嬢さんであるヘルミーネには重要ポイントだった。ラジにはちっとも解らないポイントだが。

「ねぇラジ、酸っぱいのは平気？」

「度を超してなければ」

「じゃあ、やっぱりレモンとか良いかもしれませんね、ルシアさん」

「そうね。さっぱり仕上げるのも良さそうだわ」

　悠利に意見を求められたラジは、とりあえず簡潔に答える。答えた後は、やっぱり盛り上がる二人に置いてけぼりにされる。けれど文句は言わなかった。楽しそうだったので。

　どんな味付けにすれば皆が美味しく食べられるだろうかと相談をするルシアと悠利。ルシアが今後作るだろうスイーツに思いを馳《は》せて盛り上がっているヘルミーネとブルック。話題が一向に尽きる気配の見えない二組を見ながら、ラジは思った。

（……スイーツ一つで、何でこんなに盛り上がれるんだろう）

　美味しいものは好きだが、スイーツにさして欲求のないラジにはよく解らない世界だった。強くなることとか、良い装備品とかで盛り上がるならば、彼にもまだ解るのだけれど。

　ただ、ラジの美点は、そうやって自分そっちのけで仲間達が盛り上がっていても機嫌を悪くしないところだ。むしろ、一生懸命な姿を見て応援したくなってくるタイプだった。……つまり彼は、優しいのだ。

ヒートアップしていく二組の会話をのんびりと見つめながら、ラジは思う。まだしばらくは、アジトに戻れなそうだな、と。けれど、たまにはこんな日も悪くないと思うのだった。

今日の試食会の情報を生かし、ルシアが新メニューの開発に張り切り、その完成を悠利達は楽しみに待つのでした。美味しいは一日にしてならずです。

◇◇◇

「わー、大盛況だねー」

「当たり前でしょー！」

賑《にぎ》わいを見せる店内を視界に収めて、次に順番待ちの長蛇の列を眺めて、悠利が能天気に呟《つぶや》いた。それにドヤ顔をして答えるのはヘルミーネだ。別に彼女が何かを頑張ったわけではないのだが、大事な友人が大成功しているのが嬉しいらしい。

試食会を経て、その後も改良を重ねて、ルシアは先日スイーツバイキングに新メニューを追加した。新しいスイーツが楽しめると聞いて、連日大盛況なのだ。

そして今日、悠利達も新作スイーツを楽しみにスイーツバイキングにやってきていた。

そんなわけで、悠利とヘルミーネは急ぎ足で長蛇の列の前方へと向かう。そこには、既に仲間達が待っていた。

「遅くなってすみません。まだ大丈夫でした？」

「あぁ、問題ない。二人とも、用事は終わったのか？」

「はい。家事の残りは見習い組の皆がやってくれることになりました」

「私もギルドへの報告終わりましたー」

「そうか。では、これで心置きなく堪能出来るな」

「「はい！」」

その場にいた一同を代表して二人と言葉を交わしたのは、ブルックだった。悠利とヘルミーネの用事が終わったと聞いて、表情を綻《ほころ》ばせる。

ちなみに、順番待ちは別に全員が並んでいなくても良いということだったので、ブルックが代表して並んでくれていたのだ。周囲がほぼ女性という中に一人立たせるのはどうかと思ったが、彼が並ぶときに女性陣が「用事を済ませてくるのでよろしくお願いします」と一言添えたことで、周囲の目は優しくなった。

そう、ブルックは周囲の皆さんに、「連れの女性達に頼まれて順番待ちをさせられている不憫《ふびん》なお兄さん」として見られているのだ。実際は違うのだが。誰も順番待ちが出来ない場合は物凄《ものすご》く遅くなると理解して、自ら予定を調整してこの役を買って出たのだが。真実は知らぬが花だ。

なお、悠利は洗濯や買い出しという日々の家事があったので、出来る範囲で片付けてから合流したのだ。残りは見習い組が快く引き受けてくれた。悠利が今日のスイーツバイキングを楽しみにしていると知っていたので、お手伝いを申し出てくれたというわけだ。優しい仲間達だ。

悠利とヘルミーネ以外でこの場にいるのは、順番待ちをしていたブルックを除けば、ティファーナ、フラウ、レレイ、イレイシア、アロールという女性陣だ。ミルレインとマリアの二人は、予定が合わなかったのでまたの機会ということになった。スイーツバイキングに向かう面々としては概ね妥当だろう。

ただ、いつもと違うところといえば、仏頂面で佇《たたず》むアリーと素敵な笑みを浮かべるレオポルドがいることだろうか。この両名はブルックによって連れてこられていた。

「……ったく、このアホはともかく、何で俺まで……」

「あらー、たまには皆でお茶を楽しんだって良いじゃない。紅茶も絶品よ？」

「紅茶はともかく、俺は甘いもんにそこまで興味はねぇんだよ」

楽しそうなレオポルドに対して、アリーは面倒くさそうだった。何で自分がと言いたげな顔をしている。実際、口にしている通りにアリーは甘味にそこまでの欲求はない。

ブルックがアリー達を引っ張り込んだのは、そうすれば自分がいてもあまり目立たないと思ったからだ。美貌《びぼう》のオネェは今日も絶好調に目立つし、アリーはアリーでスキンヘッドに眼帯の強面《こわもて》ということで人目を引く。

特に、スイーツバイキングにいるという状況を鑑みれば、アリーの目立ちっぷりはブルックの比ではない。レオポルドは別の意味で目立つが、場所と状況を考えると意外と女性陣に溶け込んでしまうのでそこまで浮かない。

もっとも理由がそんなくだらないもの一つ切りだったならば、アリーは今ここにはいない。彼には、面倒くさがりつつもこの場に立っている理由があった。

「すみません、アリーさん。新作の感想が聞きたいってルシアさんが言ってたので……」

「それは解ったが、何で俺なんだ。試食会に連れて行ったラジでも良かっただろうが」

「……えーっと、ラジはですね」

「何だ？」

「……短期間に大量のスイーツを見るのは、胸焼けがするから無理だと言いました」

「……なるほど」

遠い目をした悠利の返答に、アリーは静かに納得した。彼はそこまで欲求がないだけで、食べられないわけではないのだ。甘味の苦手レベルでいうと、ラジの方が上になる。それだけに、ラジが胸焼けを起こしたと聞くと同情しか出来ないのだ。

アリーがこの場にいる理由、それは、ルシアが新作に幾つか甘さ控えめのスイーツを作ったからに他ならない。その感想を複数人から聞きたいという彼女の希望だった。

「ラジも一応、試食会に付き合ったので自分が食べようと思ってたらしいんです」

「……」

「でも、食べるのがスイーツバイキングの場だと聞いたら、無理だって言われちゃいまして……」

「同席者が甘い物を大量に持ち込むのが解ってる空間だからな。無理もない」

「そんなわけで、アリーさんにお願いしました」

ぺこりと頭を下げる悠利。ブルックとレオポルドに誘われ、悠利にお願いされ、アリーはこの場に来ている。どちらか片方だったら来ていないかもしれない。両腕を引っ張られているような感じだ。

悠利だって、忙しいアリーに頼もうとは思っていなかった。しかし、何だかんだでアジトにいる男性陣は、普通に甘味を食べる。ラジが唯一ぐらいで甘味を苦手にしているのだ。アリーは好んで大量に食べないだけで、食べるのは食べる。

「堅苦しく考えなくても良いじゃないのぉ。美人の集団とお茶出来るなんて、幸せよ？」

「生憎《あいにく》と、見た目に騙《だま》されてやれるほど初心《うぶ》じゃねぇんだよ」

「相変わらずの憎まれ口ねぇ。ちょっとブルック、この男どうにかならないのかしらぁ？」

「知らん」

楽しげにからかうレオポルドにアリーは面倒くさそうに答え、その返答に美貌のオネェは不服そうに傍らの友人に声をかける。しかし、二人のやりとりに興味がないのか、ブルックの返答はそっけなかった。

「……いつも以上にそっけないんだけど、こいつ」

「気持ちが食うことに向かってんだろ」

「現金ねぇ……」

愛想のあの字も存在しないブルックに、レオポルドはため息を一つ。そんな彼にアリーは端的に答えた。同感だったので、悠利もこくこくと頷《うなず》いておく。スイーツに情熱を傾けるときのブルックは、色んな意味でポンコツなのだ。

勿論《もちろん》、付き合いの長いレオポルドはその辺りのことは解っている。解っているが、あまりにも安定すぎたのでぼやいてしまうのだった。

そんな風に雑談をしていると、座席が空いたのか案内役のウェイターが彼らを呼んだ。ぞろぞろと集団で中に入るが、流石《さすが》に全員同じ席というわけにはいかなかったらしい。それでも、近い場所に座れるようにしてもらえたのは、ありがたい。

丸テーブルに五人ずつ座る形で、二つのテーブルを占拠する形になる。内訳は、ティファーナ、フラウ、レレイ、ヘルミーネ、イレイシアで一つ、悠利、アリー、ブルック、レオポルド、アロールで一つだ。図らずも男性が一つのテーブルに集まる形になった。

「アロール、こっちで良かったの？」

「こっちの方が絶対に平和だからこっちが良い」

「え」

「僕は静かに食べたいんだ」

「そっかぁ……」

女子組の方が良かったんじゃないかと悠利が問いかければ、十歳児の僕っ娘《こ》は物凄く正直に自分の気持ちを口にした。今日もアロールは容赦がなかった。女子組の一部が騒々しくなることを理解した上での発言なのだ。

勿論、こちらのテーブルが物静かかと言われれば、全然そうではない。今日も絶好調のオネェはコミュ力の塊であるし、無愛想な友人二人をおちょくることにかけては他の追随を許さない。元パーティーメンバーということもあって、彼らの会話は遠慮が存在しない。

しかし、大人組三人が口論していようが、何だろうが、同じテーブルにいる悠利《ゆうり》やアロールに飛び火する可能性はほぼない。その辺りの匙《さじ》加減が解っているから、大人組なのだ。

「……まぁ、あっちだと騒々しいっていうのは納得出来るけど」

「ユーリも時々はっきり言うよな」

「僕はいつでも正直だよ」

「知ってる」

暢気《のんき》な会話を悠利とアロールがしている間に、大人組は食べる準備を始めていた。レオポルドはブルックを伴ってさっさとスイーツを取りに行ってしまったし、アリーは飲み物を取りに行っている。

全員同時に席を離れるのは良くないと思った悠利は、アロールを促した。

「僕が待ってるから、アロールは取りに行ってきて良いよ」

「そう？　じゃあ、手早く選んで戻ってくるよ」

「そんなに急がなくても良いよ」

アリーはともかく、ブルックとレオポルドがなかなか戻ってこないだろうことを考慮してのアロールの発言だった。多分間違っていない。

普段なら、ブルックは自分でスイーツを選びに行ったりはしない。女性ばかりの空間へ、威圧感のある自分が行けば邪魔になると考えているからだ。後、隠れ甘党なので、他人の目がある場所で嬉々《きき》として選べないという理由もある。

しかし、今日はレオポルドが一緒だ。

周囲の人間に細かいことを気にさせない、独特の雰囲気を持つオネェは無敵である。ブルックを伴い、アレが美味《おい》しそう、これが美味しそうなどと会話をしながら、二人でスイーツを選んでいる。傍目には、強引なレオポルドに連れてこられているように見えるだろう。実際は二人して嬉々としているのだが。

……その辺りも解った上で、レオポルドはブルックを伴っている。自分がある種の防波堤になれることを理解しているのだ。仲間は優しい。

「店内も賑わってるし、新作スイーツも上手《うま》くいったんだろうなー」

何がメニューに追加されたんだろうかと、悠利はうきうきしている。今日は女子組とテーブルが別なので、自分で選びに行けそうだなというのも含めて。最初に来たときなど、気を利かせた皆が悠利とブルックの分も運んでくれたおかげで、ほぼ席を立たずに終わったのだ。

勿論その優しさは嬉《うれ》しかった。嬉しかったが、せっかくなので自分の目で見て選びたいなぁという気持ちもあったのだ。

誰かが戻ってきたら自分も選びに行こうと心に決める悠利。多分、飲み物を取りに行ったアリーが一番早いだろうと思っていた。

思っていたの、だが――。

「ユーリ、これね、残り二つだったから一緒にもらってきたよ」

「あ、ありがとう」

レレイが笑顔で差し出したのは、小さな器《うつわ》に入ったゼリーだった。多分後から追加分が出てくるだろうが、目の前でラスト二つだったので悠利の分も持ってきてくれたのだ。優しい。とても優しかった。

「ユーリ、焼きたてが出てきたところだったので、一緒にもらってきましたよ。どうぞ」

「ありがとうございます」

微笑《ほほえ》みと共にティファーナが差し出してきたのは、熱々ふわふわの小さなパンケーキだった。バターと蜂蜜《はちみつ》というシンプルなものだ。確かに焼きたては美味しそうだったので、悠利はありがたく受け取った。

「ユーリ、ルシアがこれ食べてほしいって言ってたから、もらってきたわよー！」

「……ありがとう、ヘルミーネ」

ご機嫌のヘルミーネが持ってきてくれたのは、レモンの輪切りが輝くチーズケーキだった。美味しそうなのは確かだ。ルシアが食べてほしいというのなら、彼女の自信作か、感想が聞きたい新作なのだろう。食べるにやぶさかでない。

「ユーリ、甘い物ばかりでは何だろうから、スープをもらってきたぞ」

「お気遣いありがとうございます、フラウさん」

コトンとテーブルの上に置かれたのは、ベーコンと野菜のスープだった。甘いスイーツばかりでは口の中が落ち着かないだろうという気遣いだ。その気持ちはありがたいのだけれど、ちょっとしょんぼりしてしまう悠利だった。

自分の分を取りに行った隣のテーブルの女子組が、何故《なぜ》か悠利の分も持ってきてくれるのだ。

唯一イレイシアだけは持ってこなかったが、その彼女は席に戻る前にどこの何が美味しそうだったかを伝えてくれた。むしろ悠利が欲しかったのはそういう情報であって、持ってきてくれなくても良かったのだ。

しかし、皆の優しさが解っているので言えなかった。テーブルの上に並ぶスイーツとスープを見て、がっくりと肩を落としてしまう。目の前の料理は美味しそうだけれど、「違う、そうじゃない」と言いたい悠利だった。言わないけれど。

「……いっぱいになっちゃった」

「どうした、ユーリ」

「……アリーさぁん……」

「何だその顔は」

眉《まゆ》を寄せて物凄《ものすご》く微妙な表情を作っている悠利に、アリーは呆《あき》れ顔になった。ぺしんと額を一つ叩《たた》かれて、悠利はしょぼんと肩を落としたまま説明をした。

「皆が、僕の分まで持ってきてくれたんです」

「……そうか」

「……ありがたいんだけど、僕も並んでるの見て選びたかった……」

「食べ終わってから行ってこい」

「……同じことが繰り返される気がするんです」

「あー……」

あくまでも皆が好意でやってくれているのが解るだけに、悠利も頭から拒絶は出来ないのだ。残り少なかったり、逆に出来たてが出てきたりとしていたら、運んでくれるのは嬉しい。だから、その行動自体はありがたいのだ。

ただ、単純に「よーし、今からどんなスイーツがあるか見に行くぞー!」と盛り上がっていた気持ちに水を差された感じになるだけだ。そう、別に誰も悪くないのだ。強いて言うなら、タイミングが悪い。

「何なら、皆が持ってきた分はブルックに回せ。あいつの胃袋ならいくらでも入るだろ」

「そうですね。そうします」

メニュー全制覇を余裕でやってのけるブルックならば、悠利が横流しをしたとしても喜んで食べてくれるだろう。バイキングで一番元を取っているのは確実にブルックなので。

「ところでアリーさん、そのケーキ」

「甘さ控えめって札が置いてあったから持ってきた」

「あぁ、じゃあきっと、それがルシアさんが食べてほしいって言ってた分だと思います」

「なるほど」

アリーの手元にあるケーキを見て、悠利は小さく笑った。それはパウンドケーキのように見えた。断面に明るいオレンジ色が見えて、それは何だろうと悠利は思う。アリーが食べたら感想を聞いて

みようと決意した。

とりあえず、自分の手元にあるスイーツを食べようとフォークを手に取る。最初に手を付けるのは、ティファーナが持ってきてくれたパンケーキだ。焼きたてだと言われたので、美味しい間に食べなければと思ったのである。

上に載っていたバターも溶けて、とろりとパンケーキの表面を彩っている。蜂蜜とバターの香りが合わさって、ふわんと鼻腔《びこう》をくすぐる。何とも言えず食欲をそそる匂いだ。

やや小振りに作ってあるので、フォークで四つほどに切ってしまえば一口で食べられそうな大きさだ。四つに切った一つを悠利はそのまま口へと運ぶ。ふわふわと柔らかいパンケーキが、バターの塩味と蜂蜜の甘さでコーティングされて絶妙だ。

噛《か》んだ瞬間に感じるのは、柔らかな食感。続いて、熱々のパンケーキに染みこんだバターと蜂蜜の旨味が口の中にじゅわっと広がる。やや甘塩《あまじよ》っぱい味になるが、それが癖になること間違いなしだ。

「んー、柔らかくて美味しいー」

「あらユーリちゃん、良いのを食べてるわねぇ」

「あ、レオーネさん、お帰りなさい」

「はい、ただいま」

大きな皿に大量のスイーツを載せて戻ってきたレオポルドは、楽しそうに笑いながらパンケーキを食べる悠利を見ている。席についてフォークを手にする姿は妙に絵になった。仕草一つ一つが奇妙に人目を引くオネェである。

ただし、当人は何も気にしていないので、目の前の美味しそうなスイーツに釘付《くぎづ》けだ。彼もまたルシアのスイーツの大ファンなので、新作スイーツを楽しみにしていたのだろう。

そんなレオポルドが最初に手を付けたのは、オレンジのタルトだった。鮮やかなオレンジ色が眩《まぶ》しい。艶々《つやつや》と光っているのは、ジャムだろう。悠利達が試食したタルトと同じように見えた。

フォークで食べやすい大きさに切ると、上品に口を開けてぱくりと食べる。タルトの破片が落ちないように口に運ぶ仕草も、実に上品だ。美貌《びぼう》のオネェは仕事の関係で御貴族様と食事をすることもあるので、食べ方も美しいのだ。

口の中では、タルトのサクサクとした食感と、カスタードの滑らかさが調和する。オレンジに含まれる仄《ほの》かな酸味がカスタードの濃さを中和してくれるのか、後味はカスタードの濃厚さに反してすっきりしていた。

「流石ルシアちゃんのスイーツねぇ。クリームも生地も何もかも絶品だわ」

「そのタルトが美味《うま》いのは解っている」

「何でドヤ顔なのよ、アンタ」

両手に大皿を持って戻ってきたブルックが、美味しさを噛みしめているレオポルド相手に自信満々に言い切った。自分が試食会で食べたタルトなので、美味しいのは解っていると言いたいのだろう。

ただ、何故そこでドヤ顔になるのかは誰にも解らない。安定の、甘味が絡むと色々とポンコツになるブルックだった。ギャップが悲しい。

「そのアホは放っておけ。大方、試食したやつだったんだろ」

「よく解ったな」

「解らいでか」

相棒の考えていることはよく解るのか、アリーが疲れたような顔で言い切る。それもそうねと同意を示し、レオポルドは食事に戻った。ポンコツになっている剣士殿の相手をするより、美味しいスイーツを食べる方が重要だと思ったのだろう。間違っていない。

大人組がそんな風にわいわいと騒ぎながら食べていると、アロールがしれっと戻ってきていた。元々口数が多い方でもないので、静かだった。

「アロール、何取ってきたの？」

「小さなかき氷が置いてあったから、とりあえずもらってきた」

「かき氷、置いてあったんだ」

「うん。係員がいて、この器に入れてくれた。トッピングは自分でしてくださいって言われたけど」

そう言ってアロールが見せたのは、茶碗《ちゃわん》ぐらいの大きさの器だった。そこにかき氷が上品に入っている。赤いソースはイチゴだろう。トッピングされているのは軟らかそうなクッキーだった。

かき氷がスイーツバイキングに追加されているとは思っていなかった悠利《ゆうり》は、ぱぁっと顔を輝かせた。自分で好きな味付けに出来るというのは、かなり魅力的だ。

もしかしたら、悠利とヘルミーネが告げた「色んな味のかき氷が食べたい」という意見を反映させてくれたのかもしれない。忙しいだろうルシアに確認することは出来ないが、多分そうなんだろうなと思うことにした。

「トッピングも色々置いてあったから、後で行ってきたら？」

「うん、そうする」

スプーンでかき氷を食べるアロールが、悠利にそう伝えてくれる。ソースやフルーツ、焼き菓子も置いてあったと聞かされたら、うきうきが止められない悠利だ。

「うん、美味《おい》しい」

「アロール、かき氷好きだっけ？」

「自分で甘さを調整出来るって、ありがたいと思うけど」

「なるほど」

アロールの言い分も一理あったので、悠利は素直に納得した。通常メニューとして提供されるかき氷だと、ソースの分量は店員にお任せだ。

けれど、スイーツバイキングならばそれらは全て自分で選べる。好きな味を、好きなだけ。トッピングも選べる。そういう意味で、アロールはこの小さなかき氷を好んでいるらしい。

普段あまり甘味に興味を示しているように見えないアロールだが、彼女もちゃんと楽しんでいるのが解って悠利はホッとした。何せ、ご機嫌状態のレレイに腕を引っ張られて歩いていく姿を見送った記憶があるので。

スイーツバイキングそのものは楽しみにしていたらしいアロールなので、静かなこちらのテーブルで堪能しているようだ。何せ、隣のテーブルは賑《にぎ》やかなので。

「ヘルミーネ、ヘルミーネ！　これ凄《すご》く美味しい！」

「え？　それ何⁉　私、見てない！」

「えへへー、今追加されてた分」

「そうなの⁉」

取りに行かなくちゃ、と立ち上がろうとしたヘルミーネの皿に、レレイは持ってきた小さなプリンを載せた。きょとんとするヘルミーネに、笑顔で告げる。

「きっとヘルミーネも食べたいと思って、持ってきたよ！　食べてなかったの知ってるから」

「レレイ……！」

「いっぱい食べようねー！」

「そうね！」

大食いのレレイと、スイーツに関しては胃袋がお化けになるヘルミーネの二人は、仲良くご機嫌だった。彼女達が少々騒がしくしても、同席者は特に咎《とが》めない。二人があまりにも楽しそうで、水を差すのも無粋に思えるからだ。

レレイが持ってきたプリンを食べてご満悦のヘルミーネ。ぷるんとした滑らかな食感と、濃厚な卵の旨みが口の中に広がるのが良いのだろう。うっかり羽を出しそうなレベルで大喜びしている。

「あっち、賑やかだなぁ……」

「こっちも別の意味で賑やかだけどね」

「あはは……」

隣り合って座る悠利とアロールが比較的静かに食べているのに対して、大人三人は何だかんだと会話が弾んでいた。その邪魔をしないように大人しくしている二人なのである。

「ところでアリー、それ何かしらぁ？」

「甘さ控えめって札の所にあった。人参《にんじん》の味がする」

「人参のケーキ？　あらやだ、新作だわ。一口頂戴《ちょうだい》」

「何でだよ」

「俺も」

「聞けよ！」

自分に合ったスイーツを選んで食べていたアリーだが、それが新作だと知った二人に詰め寄られている。アリーのツッコミも何のその、レオポルドもブルックも、当たり前みたいにフォークでパウンドケーキに手を出していた。元仲間は容赦がなかった。

舌打ちをして友人二人の暴挙に文句を口にしているアリーだが、店だというのも考慮してか怒鳴ることも手が出ることもなかった。或《あ》いは、スイーツに反応する二人に呆れているのか。

とはいえ、そんな光景は滅多に見られるものではなく、悠利とアロールは顔を見合わせて小さく笑った。

「リーダーも、あの二人相手じゃ形無しだ」

「アリーさん達、仲良しだよね」

「仲は良いだろうけど、腐れ縁って感じ」

「アロールは相変わらず、ズバズバ言うなぁ」

容赦のない発言をする十歳児に、悠利は苦笑する。彼女はいつでも本心を隠さない。そういうところが魅力的なのだが。

そんな風に言われたアロールは、目を細めて告げる。彼女の偽らざる本心を。

「ユーリにだけは言われたくないけどね」

「え？　そう？」

「そう」

そうかなぁ？　と首を傾《かし》げる悠利に、解らなくて良いよとアロールは言い切った。悠利は悠利だと思っているので、今更何かが変わるとも思っていない。

なお、悠利がズバズバ言うのは相手によるので、別に誰彼構わず喧嘩《けんか》を売るようなことにはなっていない。後、客観的に見てとても正しいことしか言わないので。

主な矛先はダメ人間代表、《真紅の山猫《スカーレット・リンクス》》における反面教師、指導係である学者のジェイク先生だと言えば、お解りいただけるだろう。

「ユーリ」

「何？」

「食べて美味しいのあったら、教えて」

「解った。アロールも教えてね」

「了解」

共に胃袋はそれほど大きくない二人は、同盟を結んだ。何だかんだで、彼らもスイーツバイキングを楽しむ気満々なのだった。

賑やかな休日の一コマは、美味しいスイーツと楽しい仲間と一緒に、まだまだ続くのでした。

閑話二　見た目が可愛《かわい》い鬼灯《ほおずき》ランタン

鬼灯。

それは、オレンジ色の風船のような形が特徴的な植物である。茎にぷらんとぶら下がる様は、何だか提灯のようだ。

さて、そういう鬼灯ならば、悠利もよく知っている。ただし、今目の前にある鬼灯のことは、まったく知らない。

「……えーっと、ヤック、これ、鬼灯で合ってる？」

「合ってるよ。お化け鬼灯」

「……おばけ、ほおずき」

教えられた名称を、悠利は反芻《はんすう》した。そして、確かにその名前に相応《ふさわ》しいなぁと思った。

リビングのテーブルの上にどんと並べられている鬼灯は、小さい物で水風船、大きい物は提灯サイズだった。悠利の知っている、可愛いオレンジが揺れる鬼灯とは明らかにサイズが違う。何だコレ案件である。

皆が普通の顔をしているところを見ると、このお化け鬼灯なる植物は珍しいものではないのだろう。しかし、悠利には見知らぬ植物だ。なので、そっと最強の鑑定系チート技能《スキル》【神の瞳《ひとみ》】さんのお世話になることに決めた。

じぃっとお化け鬼灯を見つめれば、今日も悠利仕様にアップデートされている【神の瞳】さんは、素敵に愉快な鑑定結果を表示してくれる。


――お化け鬼灯。

夏に実を付ける植物の一種。毒性はなく、薬の一種として扱われる。

他の種類に比べて大きな実を付けることが特徴で、お化けの名称で呼ばれる。

なお、膨らんでいるのは花ではなく萼《がく》の部分であり、実はその中央の一部です。

適切な処置をして中の実を刺激すると光るため、簡易の光源として用いられます。

薬の一種なので一応食用ではありますが、美味しくないので調理しようと思わないでください。あくまでも薬です。


【神の瞳】さんは今日も絶好調だった。

もしや何か意思があるのではないかと思うほどに、悠利相手に的確な鑑定結果を表示してくれる。自分の技能にツッコミを入れられたり、釘《くぎ》を刺されたりするという謎の状況だ。

しかし、悠利はそんなことは気にしない。彼にとっては、【神の瞳】は解らないことを解りやすく教えてくれる上に、先回りして忠告までしてくれるとても便利な技能なのだ。

普通の鑑定技能はそんなんじゃないというツッコミは、彼には届かない。だって、他人の鑑定結果は見えないのだから。

逆にいうと、悠利仕様のこのトンチキな鑑定結果が周囲の面々に見えなくて良かったともいえる。特に、悠利の保護者であり師匠みたいな存在でもあるアリーに見えていたら、頭を抱えて唸《うな》っていただろう。知らぬが仏とはこのことだ。

「へー、実が光るんだー」

「そうそう。枕元に置いておくと、よく眠れるんだ」

「そうなの？」

「優しい光だからかな？　昔から、そう言われてるんだって」

「なるほど」

悠利の言葉に、ヤックはお化け鬼灯の使い道を教えてくれる。光源にすると鑑定結果にあったが、そういう風に使うのかーと思う悠利だった。

何となく、脳内でイメージがアロマライトみたいなものになった。目に優しい間接照明などの光で、眠りやすくするとかに近いのかな、と。真っ暗な方が良く眠れるという人もいるが、意外と優しい光がある方が眠れたりするので、そういうことなのだろうと思った。

「じゃあ、皆がどれにしようか選んでるのって、そのせい？」

「うん。自分好みの大きさを選んでる感じ」

テーブルの上のお化け鬼灯を、あーでもないこーでもないと言いながら選んでいる仲間達の姿に、悠利はやっと得心がいった。皆はあの大きな鬼灯を何にするんだろうと思っていたのだ。

ちなみに、お化け鬼灯を選んでいるのは見習い組と訓練生の若手だ。悠利《ゆうり》と年齢が近いか年下しかいない。大人組はあまり興味がないのだろうかと思った。

「あたし、この一番大きいやつにするー！」

「お前は本当に、デカいのが好きだよな」

「別に大きいから良いものってわけでもないのにね」

「大きい方が明るくて良いじゃん！」

呆《あき》れたようなクーレッシュとアロールの発言に、レレイは晴れやかな笑顔で答える。彼女は自分自身の信念に基づいて大きなお化け鬼灯を選んでいるので、何一つ迷いはなかった。清々《すがすが》しい笑顔だ。

そんなレレイの、基本的に常日頃から大きいのと小さいのなら大きい方を迷いなく選ぶ性格を、彼らは知っている。知っているから、クーレッシュは隣のアロールに問いかけた。

「アロール、何か逸話なかったか、こういうの」

「妖精《ようせい》の小箱の話じゃない？」

「あぁ、それか。デカいの選んだけど、小さい方が良いもの入ってたやつ」

「うん。そんな感じ」

子供に聞かせる昔話の一つをあげたアロールに、クーレッシュは納得した。二人の会話が聞こえていた悠利は、舌切り雀みたいなお話がこっちにもあるんだなと思った。

なお、全体の雰囲気は舌切り雀と似ているが、妖精の小箱の話は割と優しいお話だ。

怪我《けが》をした妖精を助けて世話をした青年に、妖精がお礼にと二つの小箱を取り出す。大きいものと小さいもの、どちらか一つをプレゼントすると言われて青年が選んだのは大きい方だったという話になる。

ただし、舌切り雀のように大きな方に嫌なものが入っているわけではない。どちらもちゃんとお宝が入っている。ただ、小さい方がより高価な物が入っているだけだ。

この話の教訓は、世の中には見た目通りではないことが多々あるということ。けれど同時に、誰かに優しくすればその恩はちゃんと返ってくるということでもある。舌切り雀に比べると大分優しいお話だった。

閑話休題。

「妖精の小箱のお話、あたしも好きだよー！　困ってる人は助けましょうってやつでしょ！」

「それだけじゃないんだけどね」

「え？　そうなの？　うちではそう習ったんだけどなぁ？」

「まぁ、レレイはレレイだから、それで良いんじゃない？」

「うん？　うん、あたしはあたしだもんね！」

アロールに言い含められたレレイがにぱっと笑う。隣でため息をつくクーレッシュに、彼女は気付いていなかった。お前どこまで単純なんだと言いたいのだろう。けれど、その明瞭《めいりよう》快活で単純なところがレレイの持ち味でもある。素直なので。

そんなレレイを中心とした会話を相変わらずだなぁと思って見ながら、悠利もお化け鬼灯を選ぶためには真剣になる。大きい方が良いのか、小さい方が良いのか、他に見極める点があるのか、悠利にはさっぱり解らない。

解らなかったので、隣のヤックに聞いてみることにした。

「ねぇヤック。これ、選ぶ基準って何かあるの？」

「え？　あー、普通に好みで選べば良いと思う。枕元に置くときにどんなのが良いかっていうので」

「それで良いの？」

「寝るときの光源に使うなら、それで良いんじゃないかなぁ……？」

「そっかー。じゃあ、あんまり大きくない方が良いかなー」

選ぶ基準がそれで良いのなら、悠利でも選びやすくて助かった。お化け鬼灯を幾つか手に取って、大きさを確認しながら選ぶ。よく見れば、皆、あまり大きなものを選んではいない。レレイが一人大きいのを持ってご機嫌だが、それだけだ。

やはり、枕元の灯《あか》りにすると考えると大きくない方が良いのだろう。お化け鬼灯がどの程度の強さで光るのか解らないだけに、悠利もそれほど大きいのを選ぼうとは思わなかった。明るすぎると寝るときに邪魔になるので。

よく見ると、お化け鬼灯は一つの茎に一つの実しか付いていない。悠利の知っている鬼灯は、一つの茎に幾つもぶら下がっている感じだったので、ちょっと不思議だった。

ただ、悠利の知る鬼灯よりも明らかにサイズが大きいので、それを考えればこれで妥当なのかもしれない。大きすぎれば、一つの茎で支えられる分量も必然的に減るだろうと思った。

「んー。ロイリス、加工するとしたら、どの辺が良いと思う？」

「大きいと強度が下がるみたいなので、中ぐらいの大きさまでが妥当じゃないですか？」

「あー、やっぱり大きいのは柔いか」

「触ってみた感じ、柔らかいですね。うっかり力を込めすぎると破れるかも」

「うーん、難しいな」

額を突き合わせて相談をしているのは、ミルレインとロイリスの物作りコンビだった。どうやら、お化け鬼灯に何らかの加工をしようとしているらしい。鍛冶士《かじ》と細工師の見習いである彼らは、今日も修業に余念がない。

いや、別に修業ではないのだろう。習い性みたいなものだ。或《ある》いは、悠利の家事と同じで、修業と趣味が一緒というべきか。とにかく、そんな感じの二人だった。

ちなみにこのお化け鬼灯、二人が言うように大きくなるほどに強度が落ちる。同じ質量で大きさを変えていると思えば良いだろう。風船のように膨らませている部分が、大きくなるほどに薄くなるのだ。

……さて、ここで思い出してほしい。《真紅の山猫《スカーレット・リンクス》》でも指折りの力自慢で、更にその制御がイマイチ出来ていないポンコツ仕様のとある女子のことを。彼女が選んだのは、大きなお化け鬼灯である。

「あー！　破れちゃった！」

ぽしゅっという間抜けな音と共に、レレイが手にしていたお化け鬼灯がしぼんでいた。あたかも風船から空気が抜けたかのような、間抜けな姿になってしまったお化け鬼灯。しわしわになった萼が、中央の果実の部分にへにゃりと絡みついていた。

手の中で壊れてしまったお化け鬼灯を見て、レレイは悲しそうな顔をする。せっかく大きなお化け鬼灯のランタンを作ろうと思ったのに、作る前に壊れてしまった。壊したのは自分だが、それでも悲しいものは悲しいのだ。

「……レレイ、お前は小さいお化け鬼灯にしておけ」

「何で？　お化け鬼灯なんだから、大きい方が良いじゃん」

「知ってたか？　お化け鬼灯は、大きい方が破れやすいんだ」

「え……？」

「壊したくないなら、小振りなやつにしとけ」

「……はい」

クーレッシュに諭されて、レレイはしょんぼりと肩を落とした。一応、自分の馬鹿力を解っているレレイだ。だから、大人しくクーレッシュの忠告に従うのである。素直だった。

素直だが、小さなお化け鬼灯を手にして「大きい方が良かったよぉ」とぼやくのは止《や》めなかった。なお、小さいと言っても水風船サイズなので、それなりの存在感はある。

馬鹿力でうっかり大きなお化け鬼灯を壊してしまったレレイ。そんな彼女のある意味で予定調和ともいうべき行動を見た一同は、誘われるように視線をウルグスとラジへと向けた。

「……何ですか、皆して」

「お前ら、言いたいことは解るが、一緒にするな」

面倒くさそうな顔をしたウルグスと、心外だと言いたげなラジ。力自慢の二人だが、彼らは自分の力をきちんと制御出来るので、馬鹿力で制御出来ないときがあるポンコツのレレイと一緒にされたくないのだった。

幸か不幸か、そんなやりとりはレレイの耳には入っていなかった。

手の中の水風船サイズのお化け鬼灯《ほおずき》を弄《もてあそ》んでいる。どうやら、先ほどまでのものより強度があるかどうかを確認しているらしい。集中しているので、皆の会話が聞こえていないのだ。平和だった。

「まぁ、確かにレレイと一緒にしたら二人に悪いよねぇ。ウルグスもラジもちゃんと制御出来るんだし」

「お前だって一瞬俺を見たじゃねぇか、ユーリ」

「あはは、ごめんごめん」

ウルグスにジト目で見られて、悠利は笑って誤魔化した。別にウルグスのことを疑ったわけではないのだ。ただちょっと、条件反射で見てしまっただけだ。

そんな悠利とウルグスのやりとりを聞いていたマグが、ぼそりと呟《つぶや》いた。

「馬鹿力」

「……否」

「うるせぇよ！　俺はちゃんと制御出来てるわ！」

「お前相手のときは制御出来てないんじゃなくて、わざと全開でやってんだよ！」

「……不要」

「いるに決まってんだろ！　本気出して確保しなけりゃ逃げまくるくせに！」

淡々とした口調で告げるマグに、ウルグスがすかさず噛《か》みつく。途端に始まる二人の口論だが、周りで聞いている面々には内容がよく解らない。もとい、安定のマグが何を言っているのかが解らなかった。

ただ、ウルグスの反論から察するに、普段の喧嘩《けんか》や何らかのやりとりの際のウルグスの力加減についてなのだろう。マグが馬鹿力だと言い切り、ウルグスが考えてやっていると反論している。多分、そういうことなのだろうなと思う一同。

というか、相変わらずウルグスはマグの短い台詞《せりふ》から内容を読み取りすぎだ。何か奇妙な技能《スキル》でもあるのかと思ってしまうほどに。

「ウルグスのアレ、技能じゃないんだよねぇ」

「そんな技能あったか？」

「ラジ、アロールの技能ならいけそうだと思わない？」

「……あー、異言語理解だったか？　魔物とか別種族の言葉が解るやつ」

「そう、それ」

暢気《のんき》な会話をする二人の背中を、ぽんぽんと叩《たた》く小さな掌があった。悠利とラジが振り返れば、話題の主であるアロールが頭《かぶり》を振っていた。

「アロール？」

「僕の技能は、あくまでも自分が使っているのと別の言語が解るものでしかないよ。マグには適用されない」

「されないんだ」

「一応、同じ言語だからね」

「……同じ言語なんだな、アレ」

「一応ね」

アロールの解説に、悠利とラジは遠い目をした。同じ言語と言われてしまうと色々と語弊がある気がする。いや、確かに同じ言語なのだ。耳に入るのは知っている単語なのだし。

マグの場合は、致命的に言葉が足らないというだけだ。そういう意味で、同じ言語ではある。そして、その説明をふまえて導き出される結論があった。

「それを聞いちゃうと、何でウルグス、マグの言ってること解るんだろう……？」

「飼い主だからじゃない？」

「ヘルミーネ、それ言うとウルグスが怒るよ」

「大丈夫よ。クーレがレレイの行動を把握してるように、アルシェットさんがバルロイさんにナイスなツッコミを入れるように、ウルグスもマグの言葉を理解してるだけだから」

ぐっと親指を立てるヘルミーネ。素晴らしい笑顔で自信満々に言いきっているが、内容があまりにもヒドすぎた。

けれど、悠利もラジもアロールも否定出来なかったので、そっと目を逸《そ》らした。現実は無情だ。

彼女の発言がどれ一つとして間違っていないのが悲しい。

とはいえ、それが真実だとしても認めたくない人物はいる。ヘルミーネの発言が聞こえていたクーレッシュが、烈火のごとく怒鳴った。

「ヘルミーネてめぇ！　誰がレレイの飼い主だ‼」

常日頃、何だかんだでコンビを組むことが多いレレイの、本能に忠実で考え無しな暴走に振り回されている身としては、色々と言いたいことがあるらしい。そのままヘルミーネを捕まえて文句を言い続けている。

ただし、悠利《ゆうり》達は誰一人としてヘルミーネの発言を否定出来ないでいる。目端が利いて空気が読め、何だかんだで面倒見の良いクーレッシュが、文句を言いながらもレレイのフォローを的確にやっているのを知っているからだ。

なお、当事者の片割れであるはずのレレイは、「どうかしたー？」と暢気《のんき》に手の中のお化け鬼灯を弄んでいた。彼女は細かいことを気にしないのだ。それでこそレレイ。

「ユーリ、騒がしいのは放っておいて、お化け鬼灯をランタンにしちまおうぜ。やったことないんだろ？」

「あ、うん。ありがとう、カミール。やり方、教えてくれるの？」

「教えるってほどじゃねぇけどな。こっちで作業しようぜ。静かな場所で」

「了解」

ギャーギャーと騒々しくなっている仲間達の輪から外れるように、悠利はカミールに誘導されて移動する。移動した先では、困った顔で微笑《ほほえ》むイレイシアが悠利を待っていた。どうやら彼女も避難してきたらしい。

イレイシアが自主的に避難したのか、カミールが空気を読んで誘導したのか、どちらだろうか。何となく後者な気がするなぁと思う悠利だ。カミールはまだ少年だが、実家が商人なだけあって情報に聡《さと》く、目端が利くので。

促されるままにイレイシアの隣に座ると、悠利はカミールを見た。イレイシアも同じようにカミールの手元を見ていた。

「それじゃ、ユーリとイレイスさんには、俺が作り方を教えるってことで。模様付けたり加工したりは、後でロイリスとミリーさんに聞いてくれ」

「解りましたわ。ありがとうございます、カミール」

「はーい。……ってアレ？　イレイスも作り方知らなかったの？」

「ええ。わたくしの故郷には、この植物はありませんでしたから」

「そうなんだ」

人魚であるイレイシアの故郷は海だ。お化け鬼灯は海の近くでは育たないのかなと悠利は思った。とはいえ、それが理由ならば彼女も悠利と同じく初心者として教わる側なのが納得出来た。仲間が増えてちょっと嬉《うれ》しい悠利だった。

三人が手にしているお化け鬼灯は、いずれも水風船を少し大きくしたぐらいの大きさだ。手頃なサイズと言える。そして、カミールは片手に細長い針のような道具を持っていた。

「お化け鬼灯をランタンにするのは、物凄《ものすご》く簡単なんだ」

「そうなの？」

「おう。簡単過ぎて、ちょっと知能がある魔物ならやってるぐらいに」

さらっとカミールが告げた言葉に、悠利はぽかんとした。まぁ、とイレイシアが上品に口元に手を当てて驚いている。

「……魔物が、お化け鬼灯をランタンにするの……？　何で……？」

「さぁ？　目印とか、夜の灯《あか》りとかじゃねぇの？」

「魔物なのに？」

「魔物にも色々いるからなぁ」

中には賢いやつもいるんじゃねぇの？　とカミールがけろりと告げた言葉に、悠利はなるほどと頷《うなず》いた。確かに、魔物でも知能の高い存在はいる。悠利の従魔であるルークスなど、その典型だ。アロールが常日頃から連れ歩いている白蛇のナージャも同じく。魔物といっても、その知能を侮ることは出来ない。

それでもやっぱり、魔物がお化け鬼灯を器用にランタンにして使っていると言われると、不思議な感じがする悠利だった。

そんな悠利の感慨など知らず、カミールは作業手順を説明する。

「お化け鬼灯の茎と繋《つな》がってる部分があるだろ？　そこの横から、縦にそっと中の果実をこの針で突くんだよ」

「……それだけ？」

「それだけ」

「……上からじゃないとダメなの？」

「おう。何か、茎と繋がってる真上の部分を刺激しないと、光らないいんだと」

「へー」

ぷすっとカミールが針を突き刺せば、お化け鬼灯の実の中心がぽわぁっと光る。柔らかな優しい光だ。鬼灯の袋状の萼《がく》の部分に包まれて、その光は淡く柔らかくしか外に出ない。何とも風情のある光である。

悠利とイレイシアも、針を借りて同じようにぷすっと刺してみる。そうすると、二人が手にしたお化け鬼灯もぼんやりと光った。ただ、不思議なことに色が違った。

カミールのものは淡いオレンジ。悠利のものは薄紫。イレイシアのものは優しい黄色。何故《なぜ》か全て違う色で、悠利とイレイシアは困惑しながらカミールを見た。説明を求める顔だ。

そんな二人の顔を見て、カミールは面白そうに笑って種明かしをしてくれる。

「お化け鬼灯はな、針を刺すまでどの色で光るか解らないんだ。実が出来たときの温度とか大きさで色が変わるんだって」

「そうなんだ。でも、大きさで変わるなら、ある程度の法則が解るんじゃないの？」

「大きさってのは中の果実の大きさらしくてさ。こいつ、外側の大きさと中の果実の大きさが一致しないいんだって」

「「え？」」

　きょとんとする悠利とイレイシアに、カミールは笑いながら説明を続けてくれる。何だかんだで説明をしてくれる辺り、彼はとても親切だった。

「大きな見た目なのに果実が小さいとか、逆に小さな見た目にぎちぎちに果実が入ってるとかあるんだと。不思議だよなー」

「不思議だねぇ……」

「不思議ですわねぇ……」

　世の中には不思議な植物もあるんだなぁと悠利とイレイシアは感心する。そして、自分達の手の中でぼやぁっと光るお化け鬼灯を見て表情を緩める。この優しい光は、見ているだけで癒やされる気がした。

「ところでこれ、どれぐらい保つの？」

「丸一日ぐらいだな。茎の部分を花瓶とかに挿しておけば、枕元の灯りに早変わり。持ち歩けばランタンみたいになる」

「便利だねぇ」

「まぁ、そこまで明るいわけじゃないから、目一杯灯りが必要なときには使えないけどな」

「でもこの優しい感じが良いと思うよ。僕、これ好きだなぁ」

「そりゃ何より」

　にこにこ笑う悠利に、カミールも楽しそうに笑った。茎を持って軽く動かすと、お化け鬼灯がゆらゆらと揺れる。意外としっかりくっ付いているのか、揺らしても落ちる気配はなかった。確かにこれならば、ちょっとした灯りとして重宝出来そうだなと悠利は思った。

背後では、まだ仲間達がギャーギャーとうるさい。

元気だなぁと思いつつ、その騒々しい輪に入ろうとは絶対に思わない悠利とイレイシアだった。誰にだって向き不向きはあるのだ。彼らはそこまで口が達者ではないし、基本的に平和主義者なのである。

そんな三人に近付く人影があった。小柄なその影は、悠利達に向けて声をかける。

「二人とも、そのまま使うか、細工を加えるか、どうする？」

「ミリー、細工ってどういう感じ？」

「小さな穴を空けて模様を作ったりするんだ。お化け鬼灯《ほおずき》の果実は外側が一定量存在していないと光らないから、その辺を見極めてさ」

「へー。んー、でも僕は、このままで良いかな」

「そっか。細工しようと思ったら言ってくれ。あっちでロイリスと一緒にやってるから」

「うん、ありがとう」

ミルレインの申し出を、悠利はありがたく辞退した。確かに細工をすれば美しく仕上がるだろうが、悠利はこの素朴なままのお化け鬼灯が良かったのだ。

ミルレインも別に押しつけるつもりはなかったのか、それじゃと去っていく。視線を向ければ、ロイリスを囲む仲間達の姿が見えた。どうやら、皆は色々と加工するつもりらしい。

「イレイスとカミールはどうするの？」

「わたくしも悠利と同じでこのままにしようかと思います」

「俺はちょっと加工してくる。上手に出来たら実家に手紙で教えてやるんだ」

「なるほど。それは責任重大だね。行ってらっしゃい」

「おう」

手を振って去っていくカミールを、悠利とイレイシアは見送る。普段は飄々《ひょうひょう》としているが、カミールは何だかんだで家族思いの少年だ。兄弟は姉だけだと言っていたので、可愛《かわい》い細工が出来たらその方法を姉に教えるのだろう。

手先の器用なカミールのことだ。きっと、ミルレインとロイリスに教わって上手に仕上げるだろう。出来上がったら見せてもらおうね、と悠利はイレイシアに笑いかける。

「それにしても、本当に不思議な植物ですわね」

「そうだね。でも、鬼灯をランタンに見立てるのはちょっと解るかも」

「そうなのですか？」

「うん、僕の故郷の風習の一つにね、鬼灯を死者を導く灯りに見立てるっていうのがあるんだ」

「死者を導く灯り、ですか？」

きょとんとするイレイシアに、悠利はのんびりとした口調で説明を続ける。

「僕の故郷には、夏に死者、ご先祖様達が現世に一時戻ってくるっていう考え方があってね。戻ってきたご先祖様をご馳走《ちそう》でおもてなしするんだけど、そのときに目印になる灯りの代わりに鬼灯を飾るんだよ」

「そうなのですか？」

「うん。鬼灯のこういう形がね、提灯っていう僕の故郷で昔使っていたランタンみたいな道具と似てるから、見立てにされたみたい」

「色々な文化がありますのね」

「僕の故郷の鬼灯はこれくらいの小さいやつだし、光らないけどねー」

そう言って悠利は、指で小さな丸を作る。ころんとした小さな大きさの鬼灯を脳裏に思い浮かべながら。

ちなみに、悠利がイレイシアに説明したのは、仏教のお話だ。お盆に先祖が帰ってくるときに、鬼灯を提灯に見立てて飾るというやつである。悠利も詳しくは知らない。祖父母に聞かされたざっくりとした内容だけだ。

とはいえ、鬼灯の形が提灯に似ているのは事実だろう。少なくとも、お化け鬼灯が茎にぶら下がっている姿は、提灯に似ている。むしろ、大きさから考えればこちらの方が提灯っぽいなと思う悠利だった。

「綺麗《きれい》な光ですわね」

「優しい光だよねー」

「枕元に置けば安眠出来るというのも、納得ですわ」

「今日は皆、良い夢が見られると良いね」

「そうですわね」

手元で淡い光を放つお化け鬼灯を見て、悠利《ゆうり》とイレイシアは顔を見合わせて笑った。今日の寝室は、ちょっと風流になりそうだなと思う二人だ。萼に覆われたお化け鬼灯の光はぼやぁっとしており、それが何とも言えず風情があったので。

悠利とイレイシアのお化け鬼灯は何も手を加えていないのでそのままだが、視線を向けた先では仲間達が色々と加工していた。ぐるっと一列に小さな穴を開けている者もいれば、小窓のように大きな丸を複数開けている者もいる。模様を刻む猛者《もさ》もいた。皆、思い思いに自分の鬼灯ランタンを作っている。とても楽しそうだった。

飾り穴を開けると、そこから光が漏れて雰囲気がまた変わる。同じ色でも、穴の開け方によって受ける印象が違う。そういう意味でも、一つとして同じ鬼灯ランタンにはならない。だからこそ皆、自分だけの鬼灯ランタンを作って楽しそうなのだろう。

「これ、大人組も作るのかな？」

「どうしてですの？」

「お化け鬼灯、いっぱいあるから」

「……確かに、そうですわね。きっと皆さん、ご自分でお部屋に持っていかれるのではないでしょうか」

「大人も子供も関係なく同じことをして楽しむの、ちょっと面白いね」

「そうですわね」

悠利が心底楽しそうに笑うと、イレイシアも同意するように笑った。いつもならば子供は子供、大人は大人という風になってしまう。だから、大人組も同じようにするのだと考えたら、面白かったのだ。

誰が来るかなーと暢気《のんき》に呟《つぶや》く悠利。その手元で、ランタンになったお化け鬼灯がぷらぷらと揺れていた。

その日の夜は、部屋に飾ったお化け鬼灯のランタンを楽しみに、皆がいつもより早く自室に引っ込むのでした。そんな日もあるのです。

第三章　悠利と職人さんの愉快な日常

「すまん、ユーリ。何か良い案があったら助けてくれ」

「……ハイ？」

目の前で自分を拝むようにしているブライトを見て、悠利は瞬《まばた》きを繰り返した。相談があると言われてやってきたら、いきなりこれである。何で自分が拝まれているのかさっぱり解らないので、悠利は首を傾《かし》げるだけだ。

アイデアと言われても、アクセサリー職人のブライト相手に悠利が出せるアイデアなんて、たかが知れている。そもそも、ブライトは悠利にアイデアなんて求めたことはない。一体何が起きたんだと思ってしまう。

しかし、その疑問はすぐに解けた。解けてしまった。

「……もしかして、その良い案ってサルヴィさん絡みですか？」

「…………その通りだ」

悠利が口にした質問に、ブライトは苦虫《にがむし》を噛《か》み潰《つぶ》したような顔で呻《うめ》いた。ギリギリと歯を噛みしめている。「おのれあのアホ」と口にされたブライトの本心を、悠利は慎ましく聞かなかったフリをした。

しかし、そんな悠利とブライトのやりとりなど意に介さず、話題の主であるサルヴィは手にした模型をルークスに見せて自慢していた。

「どうだ、ルークス。とても美味《おい》しそうに出来ているだろう？」

「キュキュー？」

「む？　見たことはないか？　これはな、パティシエのルシアという女性が作ったかき氷だ」

「キュ⁉」

「ふふん。良い出来映えなんだぞー」

自信満々にサルヴィがルークスに見せているのは、彼が口にした通りルシア作のゴージャス仕様なかき氷だ。ただし、模型。悠利の感覚で言うと、食品サンプルだ。

このサルヴィ、ブライトの幼馴染《おさななじ》みで職人でもある。彼の本職は、樹型の魔物から取れる特殊な樹脂を器《うつわ》などの小物に加工する職人だ。しかし、本業そっちのけで食品サンプルと言うべき模型を大量生産する困った男でもあった。

しかも、作るのは「食べて美味しいと思った料理だけ」という謎のこだわりがある。

悠利の中でサルヴィは、マイペースな芸術家気質という認識だった。悪人ではないし、一応言葉も通じるはずなのだが、時々会話が通じなくなるのだ。ただし、それを差し引いても彼が作る模型は本物と遜色《そんしょく》のない出来映えなので、腕は物凄《ものすご》く良い。

「サルヴィさん、何かあったんですか？」

「何もないから困るというか……。開き直ったから困るというか……」

「はい？」

要領を得ないブライトの発言に、悠利は首を傾げた。もう少し解りやすくお願いしますという気分だった。

ブライトも、アイデアを頼むからには事情を説明するつもりはあったのだろう。とりあえず座ってくれと悠利に椅子を勧めて、話をする態勢に入る。

「ユーリが話を通してくれたおかげで、こいつの道楽が仕事になっただろう？」

「ええ、はい。《木漏れ日亭》のダレイオスさんと契約を結んで、宣伝に使う模型を作るって話ですよね？　サルヴィさんが足繁くお店に通って、美味しいものをいっぱい食べてるって聞きましたけど」

「それはそれで良かったんだ。良かったんだけどな」

「……はい？」

テーブルについたブライトの手がぷるぷると震えている。何やら色々と思うところがあるらしい。

相変わらず振り回されてるんだなぁと思う悠利だった。幼馴染みは大変だ。

ブライトの言葉を待つ悠利。そんな悠利に、ブライトは絞り出すように口を開いた。

「道楽が加速した」

「……え」

「それが仕事になると解ったら色々と開き直ったのか、寝ても覚めても食い物の模型ばかり作って……！　しかも、別にその全てが買い取ってもらえるわけでもないっていうな……！」

「……わぁ」

ブライトの発言に、悠利は遠い目をした。まさかの、予想外の展開だ。

美味しいものを食べるのが好きで、美味しいと思った気に入った料理は模型にしないと気がすまないという謎のこだわりを持つサルヴィ。その彼が、店の宣伝に使うという名目で《木漏れ日亭》に模型を買い取ってもらえるようになったのは、良いことだ。道楽が仕事になったのだから。

しかし、それが悪い方向に加速したらしい。

サルヴィはそもそも芸術家気質だ。地道にコツコツ、堅実に仕事をするというのは向いていない。自分が作りたいと思ったら作るのだ。親も匙《さじ》を投げる筋金入りらしく、ブライトのツッコミもほぼほぼ通じていない。当人に悪気がないので尚更だ。

今までのサルヴィは、本職として器を作っていた。家族と一緒に食器とか小物とかを作るのが、彼の本業だったのだ。食べ物の模型作りはあくまで趣味である。

けれど、それでお金が稼げる、仕事になると解ってしまったら、趣味の世界にレッツゴーでのめり込んでしまったらしい。仕事先が今のところ《木漏れ日亭》しか存在しないので、そこまで金にはならない。そういう意味でもブライトが頭を抱えているのだ。

「つまり、開き直ったサルヴィさんが本業をやらなくなってしまって困っている、と」

「あぁ、そうなんだ。どれだけ言っても、食べ物の模型を作るのが楽しいらしくて、全然話を聞かなくてな……」

疲れたようにため息をつくブライト。腐れ縁の幼馴染みというのは大変そうだ。自由人な幼馴染みに振り回される常識人という立場を、彼は背負わされていた。当人は何一つ嬉《うれ》しくないだろうが。

アイデアを求められて、悠利は考え込む。サルヴィの模型作製の腕前は見事で、本物そっくりに作り上げている。その技術は確かだ。問題は、サルヴィの性格である。

彼が作るのは、「食べて美味しかったもの」限定なのだ。美味しくなかったら作らないらしい。気に入った料理を模型にして、その感動を形にしたいタイプらしい。料理を写真に撮ってストックするのと似ているかもしれない。

とりあえず、彼はそんな風に感情優先だった。理屈ではない。仮に頼まれたとしても、興味のないものは作らないだろう。そういう部分があった。

「頼んだらどんな料理のものでも作ってくれるってわけじゃないのが、サルヴィさんの困ったところなんですよねぇ」

「そうなんだ……。あいつは、食べて美味《うま》かったお気に入りの料理しか作らないからな」

「そういう意味では、サルヴィさんが模型にしてるのは美味しい料理だっていう指標にはなるんですけど」

「この場合、そのこだわりは仕事に関しては邪魔だ」

「ですねぇ」

幼馴染みの性質を、ブライトは一刀両断した。色々と実感がこもっているのは、長年溜《た》め込んだ何かなのだろう。大変だなぁと悠利は思った。

依頼を受けた料理で作ってくれるというのなら、食品サンプル職人として売り出すことは可能なのだ。受注生産みたいな感じになるだろうか。しかし、サルヴィの性格的にそれは無理だろう。だから、悠利もブライトも頭を抱えているのだが。

そんな二人の真剣な悩みなどそっちのけで、サルヴィは相変わらずルークス相手に自分が作った模型を見せて楽しそうだった。

「これは新作のオレンジのタルトだぞー。この表面のジャムの部分の艶《つや》を出すのに苦労したんだ」

「キュイー」

「ん？　実物を見たことがあるのか？　そうかそうか。似てるだろう？」

「キュピキュピ！」

サルヴィはルークスと目線を合わせるためにしゃがんで模型を見せている。ルークスはそんなサルヴィが次から次へと取り出す模型を見て、目を輝かせていた。微笑《ほほえ》ましいというよりは、変な光景である。

スライム相手にスイーツの模型を自慢している青年と、その模型をキラキラした目で見つめて相づちを打つスライム。何故《なぜ》か会話が成立しているのが実に不思議だった。

「……サルヴィさん、ルーちゃんの言葉が解るんでしょうか」

「アレは解ってるんじゃやない」

「え？」

「アレは、自分に都合良く、相手が理解していると思い込んで会話をしてるだけだ」

「……ブライトさん、お疲れですか？」

「あいつがちゃんと仕事をしないせいでな……」

「……ご苦労様です」

サルヴィに対する台詞《せりふ》がいつも以上にトゲトゲしていたので問いかければ、案の定予想通りの答えが返った。嫌っているわけではないが、迷惑を被っているのでイライラしているのだろう。

そこでふと、悠利《ゆうり》はサルヴィが手にしている模型を見た。先日は《木漏れ日亭》の親子丼だったが、今日はルシアのスイーツが沢山だ。見た目もお洒落《しゃれ》で可愛《かわい》らしい。

「サルヴィさん、甘い物もお好きなんですか？」

「ん？　あぁ、スイーツも好きだぞ」

「じゃあ、ルシアさんのケーキも色々作れるんですか？」

「いっぱいあるぞ。君も見るか？」

悠利が興味を持ってくれたと思ったらしいサルヴィは、いそいそと魔法鞄《マジックバッグ》の中から模型を取り出す。ずらっとテーブルの上に並ぶのは、本物顔負けの美味しそうなスイーツだった。

悠利が食べたこともあるルシアのスイーツが沢山だ。パティシエのルシアが丹精込めて作ったスイーツは、美味しいだけでなく見た目も素晴らしい。サルヴィの模型は、それを忠実に再現していた。

じぃっとそれを見つめた後に、悠利はサルヴィに問いかけた。心持ち真剣な声で。

「サルヴィさん、模型って、もっと小さいものも作れますか？」

「ん？　小さいもの？」

「これは実物大で作ってありますよね？　それを、半分の大きさとか、もっと小さくとかの、邪魔にならない大きさで作ることは出来ますか？」

「出来なくはないと思うが……？」

やったことはないから確証はないと言いたげに、サルヴィは首を傾げる。何故そんなことを聞かれたのかが解らないのだろう。そんなサルヴィに、悠利は自分の考えを告げた。

そう、アイデアを一つ、思いついたのだ。

「小さなスイーツを作って、置物として販売するのはどうでしょうか？」

「「……は？」」

悠利の発言に、男二人はぽかんとしている。ルークスは会話に加わるつもりはないのか、サルヴィが並べた沢山のスイーツ模型をつんつんと突っついていた。本物みたいなので興味が湧いたらしい。

「原寸大だと大きすぎますけど、小さく作れば手土産《てみやげ》にも楽しいかなと思うんです」

「…………置物として食べ物を飾るのか？」

「ルシアさんのスイーツは見た目もお洒落で可愛いですから、小ぶりに作れば置物としても可愛いと思います。実際、僕の故郷ではそういう置物もありますから」

「お前の故郷は相変わらず、謎な文化が多いなぁ」

不思議そうなサルヴィと呆《あき》れているブライトだが、悠利は事実を言っているだけだ。流石《さすが》に親子丼を飾る女子はあまりいないだろうが、見た目も可愛いスイーツならば、小さく作れば置物として気に入られる可能性がある。

「サルヴィさんが小さく作ることが出来たら、ルシアさんに確認してもらおうと思うんですけど」

「確認？」

「そのスイーツを作ったのはルシアさんなので、造形の主もルシアさんかなって。勝手に商品にするのは問題がありそうなので」

「それは確かにな。サルヴィ、とりあえず幾つか作ってみて、出来上がったら声をかけろ。相談に行くぞ」

悠利に言われた言葉を噛みしめて、サルヴィは手元のスイーツ模型を見る。別に小さくするのは問題ないなと思っている彼の耳に、幼馴染みの言葉が滑り込んだ。

真顔で告げられた内容に、サルヴィは首を傾《かし》げて問いかける。割と本気で。

「ブライトも来るのか？」

「お前とユーリだけで交渉に行かせるわけないだろ」

「…………ブライトさん、何か僕のことも含んでる気がするんですけど」

「気にするな。お前の話は色々と聞いている」

「うぅ……」

容赦のないブライトだった。そして、それを否定出来ない悠利なのだった。

そして、とりあえずはサルヴィが小さな模型を作れてからにしようということになり、その日はお開きになったのだった。

数日後。

悠利はブライトとサルヴィを伴って大食堂《食の楽園》へと足を運んでいた。ルシアに話を通したところ、休みの日なら問題ないと言われたのだ。

本当は、ルシアが工房へ赴こうかと言ってくれたのだが、それは丁重にお断りした悠利達だ。商談を持ちかけるのも迷惑をかけるのもこちら側なのに、足を運ばせるのはナンセンスである。少なくとも、悠利とブライトの考えではそうなった。サルヴィは何も考えていないので、二人の判断に委ねている。

「それで、私に見てもらいたいものというのは、何でしょうか？」

「これです、ルシアさん」

「あら……、これは……」

ルシアの問いかけに、悠利はそっと小さな模型を差し出した。掌にすっぽり収まるぐらいのそれは、小さいのにきちんと細部までこだわって作られたタルトだった。艶々と輝くジャムの魅力まで再現されている。

驚きのまま、ルシアはその小さな模型を手に取って確認する。その唇から、思わずといった風に言葉が零《こぼ》れ落ちた。

「もしかして、私のオレンジタルトですか……？」

「そうです。こちらのサルヴィさん、特殊な樹脂で美味《おい》しかった食べ物の模型を作るのが趣味なんです」

「そんなご趣味が……」

「その趣味が高じて、先日から《木漏れ日亭》に宣伝用として現物と同じ大きさの模型を納品されています」

ぱちくりと瞬《まばた》きを繰り返すルシアに、悠利は淡々と説明をする。ブライトは話の成り行きを静かに見守り、サルヴィはそわそわとしていた。自分の作った模型の出来映えを、タルトの製作者であるルシアに確認してもらいたくて仕方ないのだろう。今すぐにも口を開きそうだ。

しかし、それでは話が脱線する。そのことをしっかりと理解しているブライトは、何かを言い出しかける幼馴染《おさなな じ》みを視線一つで黙らせていた。……一応、合図をされたら汲《く》み取れる程度の信頼と慣れはある二人だった。流石、幼馴染み。

「それで、この小さな模型はどういう意味があるのかしら、ユーリくん」

「これ、販売しても良いですか？」

「え？　どうしてそれを私に聞くの？」

「だって、このケーキのデザインはルシアさんが考えたものじゃないですか。勝手に売るのはダメだなぁと思って」

「あら、わざわざありがとう」

「いえいえ。それで、どうですか？」

律儀ねぇと笑うルシアに、悠利は確認を促す。サルヴィの作った模型の出来映えは見事だ。どういう形で販売するかはまだ決めていないが、許可がもらえれば商品になると思っている。

少なくとも、《真紅の山猫《スカーレット・リンクス》》の女性陣とレオポルドの太鼓判はもらっている。試作品だということで見せたら、可愛いから飾りたいという意見が出た。流行に敏感な美貌《びぼう》のオネェのセンサーにも引っかかったので、勝算はあると思った悠利達である。

「もし良ければ、うちで販売しても良いかしら？」

「え？」

「本物そっくりでしょう？　ケーキと一緒にお土産にってオススメするのはどうかなって」

「だ、そうです。どうですか、サルヴィさん？」

「ん？　どうなんだ、ブライト？」

「お前の問題だろうが……！」

ルシアの提案を受けた悠利は、当然のように製作者のサルヴィに話を向ける。しかしそのサルヴィは、隣に座る幼馴染みに丸投げをした。細かいことを考えるのは苦手らしい。もとい、商売っ気というものが彼には存在しない。

はぁ、と大きなため息をついてから、ブライトはルシアに向き直る。隣のマイペースな幼馴染みのことは、無視することにしたらしい。どう考えてもブライトがサルヴィのマネージャーになっていた。

「そちらで販売してくれるというなら、こちらとしてもありがたい。このバカは気に入った料理の作品しか作らないんだが、それでも良いなら試しにまずは置いてみてくれると助かる」

「馴染《なじ》みのないものなので、売れ行きに関しては保証出来ませんけど……。でも、本物そっくりでとても可愛いので、興味を持つお客さんはいると思います」

「なら、まずは少数を置いてもらうということで」

「はい。好評だった場合は、改めて生産をお願いして契約を結ぶという形でよろしいでしょうか?」

「よろしくお願いします」

ブライトとルシアの間で話がトントン拍子に進んでいる。当事者のサルヴィは我関せず。むしろ、お茶請けとして出されたクッキーを真剣に食べていた。

そして——。

「ブライト、このクッキーも作りたい」

「今そういう話はしてねぇよ!」

「一つ一つ焼き色が違う。面白い。それにとても美味しい。小さなカゴに詰めてあるのも良い感じだ」

「聞け!」

完全に芸術家モードに入ったサルヴィが、小ぶりなカゴに入ったクッキーを楽しそうに見ている。コレを作るならどの色で、どんな風な細工で、とぶつぶつ呟《つぶや》いている。もはや完全にこっちの話を聞いていない。

がっくりと肩を落とすブライトに、悠利とルシアは苦笑した。多分コレが彼らの日常なんだろうなと思って。

「それではサルヴィさん、こちらのタルトの模型で数を揃えていただけますか?」

「幾つ必要だ？」

「え？　とりあえず、お試しなので十個ほど……」

「解った。出す」

「「……………え？」」

ルシアの申し出に、サルヴィはあっさりと答えて魔法鞄を漁《あさ》る。その姿を見て、ブライトはわなわなと震えた。彼には何が起きているのか解っていたのだ。

「お前！　注文が来てもいないのに、幾つ作ったんだ‼」

「二十個ぐらい？　小さいのを作るのが面白くて」

「このアホー！　材料費だっているんだぞ！」

「うわぁ……」

ブライトのツッコミが炸裂《さくれつ》するが、サルヴィはどこ吹く風だった。怒鳴るブライトを無視して、ルシアにオレンジタルトのミニ模型を進呈している。ルシアがおろおろしているが、当人はケロッとしていた。

そんな二人の賑《にぎ》やかなやりとりを、悠利は遠い目で見ていた。幼馴染みって大変なんだなぁと思いながら。

ちなみに、店頭販売されたスイーツのミニ模型は女性に好評で、サルヴィはめでたくルシアと契約を結ぶことになるのだった。ブライトの肩の荷がちょっとだけ下りました。

◇◇◇

その日、休みだからとルークスを伴ってぶらぶらと気ままに散歩をしていた悠利《ゆうり》は、ふと思いついて診療所の方へと足を向けた。病気でないと顔を合わせることのない、医者のニナ先生の様子が気になったのだ。

別に、彼女が医者の不養生をしているとかではない。

むしろ、その辺はしっかりしている素敵なお姉さんだ。悠利が彼女に会いに行こうと思ったのは、先日、時間があるときにまた仕事を手伝ってほしいと言われていたからだ。その日程の相談でもしようかと思い立ったのである。

悠利がニナの仕事を手伝うのは、鑑定能力の高さと人当たりの良さを見込まれてである。どれだけ言っても健康診断に来るのを渋る人々に予約を取り付けるときに、悠利がニナの隣で相手の症状を鑑定して健康診断を受けるように促すのだ。

悠利は幼い子供に見られがちで、その子供に諭すように言われると殆《ほとん》どの人が観念して予約をしてくれるのだ。ニナ一人ではなかなか予約を取り付けられないので、そういう意味で重宝されていた。

「ニナさーん、こんにちはー」

来訪者がいないのを確認して、悠利は挨拶《あいさつ》をして診療所の中に入る。ニナが赴任してきた当初こそ、美人な彼女を目当てに人がたむろしていたが、今はそんなことはない。

勿論《もちろん》、毎日誰かしらがやってくるのは事実だ。けれど、診療所というのは本来そこまで賑わっていない方が望ましいので、ニナに手隙の時間が出来る程度で丁度良い。

「あら、ユーリくん？　いらっしゃい」

「こんにちは。お手伝いの日程の相談に来たんですけど、往診ですか？」

「ううん。往診じゃないんだけど……」

「……？」

悠利の質問に、ニナは困ったような顔をした。何を困っているんだろうと首を傾げる悠利に、ニナは事情を説明する。

「往診じゃないんだけど、ちょっと気になる子達がいるから様子を見に行こうと思うの」

「そうなんですね。それじゃあ、またの機会にします」

「あ、待って」

「はい？」

お仕事の邪魔をしてはいけないと、悠利もルークスもぺこりと頭を下げて立ち去ろうとする。しかし、ニナが待ったをかけた。

きょとんとする悠利に、ニナは顔の前で手を合わせて懇願するような姿勢を取った。頭の上の真っ白なウサギ耳も、釣られるように揺れる。

「ニナさん？」

「もし良かったら、一緒に来てくれないかしら？」

「え？　何でですか？」

ニナのお願いに、悠利は呆気《あっけ》にとられた。別に、彼女を手伝うのが嫌なわけではない。ただ、何で自分が呼ばれるのかがさっぱり解らないだけだ。

そんな悠利に、ニナは言葉を続けた。

「これから行くのは、子供達のところなの。ユーリくんの意見も聞きたいから、一緒に来てくれると嬉《うれ》しいんだけど」

「僕の意見、ですか？」

「ええ。実際に見て、感想を聞かせてほしいの」

「えーっと、とりあえず、解りました。特に用事もないのでご一緒します」

「ありがとう」

こんな風にお願いされるということは、それだけニナが事態を重く見ているのだろうと察した悠利は、彼女に協力することを約束した。特に予定がないのは事実だったので。その足下で、ルークスがキリッとした顔で頷《うなず》いているのが妙に可愛《かわい》い。

真面目な医者のニナ先生がこんな風に困っているということは、随分と厄介な状態なんだろうなぁと悠利は思う。家事が得意なだけの普通の少年である悠利に何が出来るかは解らない。とりあえず、鑑定技能《スキル》が必要になるなら頑張ろうと思っていた。

そして、ニナが悠利とルークスを誘《いざな》ったのは、住宅街だった。ごく普通の住宅街で、子供達が楽しそうに遊んでいる。平和な光景だ。

はたして、ここにどんな用事があるのだろうか。そんな悠利の疑問に答えるように、ニナは楽しそうに遊んでいる子供達の一団へと近付いていった。悠利とルークスも大人しく従う。

「皆、こんにちは。ちょっとお話良いかしら？」

「アレー？　ニナ先生、また来たのー？」

「先生、どうかしたのー？」

ニナに声をかけられた子供達は、不思議そうな顔で彼女を見ている。いずれも健康的に日に焼けた、十歳前後の少年少女だ。仲良く遊んでいたらしい。

子供達とニナが世間話をしている中で、悠利はふと気付いた。子供達の何人かが、赤みを帯びたオレンジ色で示されているのだ。……今日も、悠利用にアップデートされている【神の瞳《ひとみ》】さんは絶好調だった。オートで色々判定しすぎである。

赤は危険色だと解っている悠利は、目を細めてその子供達を見た。なお、この赤は害意を加えてくる場合の赤ではなく、病気や怪我《けが》などの症状が重い場合の赤だ。

具体的に言うと、高熱が出ているのに普通に動き回っていたときのマグと同じ感じだ。危ないから休ませろ、適切な治療をしろ、という感じのやつである。

「……んー？　怪我でも病気でもなさそうだけど、何で赤に近いオレンジなんだろう……？」

「キュ？」

「あー、ルーちゃん、何でもないよ」

「キュゥー」

「そんな目で見ないでよ、ルーちゃん」

悠利は誤魔化そうとしたが、ルークスはジト目で主《あるじ》を見上げる。ご主人、それ絶対に嘘でしょと言いたげな瞳だった。何か心配事があるならちゃんと言わないとダメだよと促してくる感じだ。出来る従魔は今日も賢い。

そして、ルークスはちょろんと伸ばした身体《からだ》の一部で、ニナを示した。ここには医者のニナ先生がいるんだから、聞けば良いじゃないか、と。……実に的確な判断をするスライムである。流石《さすが》は超レア種の変異種で更に能力が強化されている名前持ち《ネームド》だ。

ルークスの言い分はもっともだったので、悠利は子供達と話しているニナに声をかけた。きっと、彼女なら答えを知っているだろうと思って。

「ニナさん、ちょっと良いですか？」

「ユーリくん？　どうかしたの？」

「あの子とあの子、それにあの子もですね。怪我か病気だったりしません？」

「……やっぱり、ユーリくんは凄《すご》いわね」

「え？」

のほほんとした口調で問いかけた悠利に、ニナは感心したように呟いた。何のことだろう？　と首を傾《かし》げる悠利。その足元で、ルークスが主の真似をして同じような仕草をしていた。

そのルークスを見て、子供達がはしゃぐ。ルークスはサッカーボールサイズのスライムなので怖さはちっともないし、その上こんな風に変わった反応をするので面白がられるのだ。なお、当人は大真面目なので、興味津々の子供達を不思議そうに見ている。

ルークスが子供達の意識を集めているのを見て、ニナは悠利に状況を説明した。彼の質問に答える形で。

「その子達は、日焼けなの」

「日焼け」

「えぇ。元々肌が白い子達だから、他の子より日焼けがひどいのよ。治療をしようとしたんだけど、ただの日焼けだって聞いてくれなくて」

「親御さんは？」

「ご両親も、日焼けぐらいで大騒ぎしすぎだって言うのよね……。日焼け、あんまり軽く見ないでほしいんだけど……」

はぁ、とニナは大きな大きなため息をつく。なるほど、今回の困りごとはこれかと、悠利は理解した。街の人思いの優しいニナ先生は、今日も一生懸命だ。

確かに、軽い日焼けならば普通の人は特にダメージも受けずに終わるだろう。しかし、日焼けは理屈で言うならば火傷《やけど》の仲間だ。皮膚が太陽光に焼かれて損傷しているのである。程度がすぎれば適切な処置が必要になる。

そして、同じ時間をかけて作った日焼けだとしても、症状は個人差が出る。肌の色、体質などによって、症状は様々だ。放置して自然治癒力に任せれば大丈夫な人もいれば、きちんと治療しなければ後々大変なことになる人もいる。

「日焼けって、甘く見る人いますもんねぇ」

「そうなのよねぇ……。ヴァンパイアの皆さんとかだと、きちんと理解してくださるんだけど」

「あぁ、ヴァンパイアは色白で皮膚が弱いんでしたっけ」

「ええ。彼らは日焼けが重症化しやすいの。だから、予防も治療もきっちりしてくれるわ」

ニナ先生の発言には実感がこもっていた。どうやら、日々、日焼けの危険性を説いても理解してもらえていないようだ。大変だ。

まぁ、大抵の人は日焼けでどうにかならないのだから、実感が湧かないのだろう。《真紅の山猫《スカーレット・リンクス》》の仲間達だって、日焼けをそんなに重く見ていない。女子が色々気にしているだけで、その彼女達だって日焼けが火傷の仲間だなんて思っていないだろうし。

そんな状況では、子供達が自分の日焼けを軽く見てしまうのも仕方ない。親が気にしていないのだ。子供がそれを気にするのは難しいだろう。

けれど、そこで放置出来ないのがニナ先生のニナ先生たる所以《ゆえん》なのだ。せめて出来る手当てをしてあげたいと思って、頼まれてもいないのに子供達のもとへ足を運んだのだろう。とても優しいお医者様だった。

なので、悠利も出来る限りの援護射撃をしようと決意した。

「ねーねー、ちょっとお話聞いても良いかなー？」

「お兄ちゃん、だーれー？」

「僕？　僕はねぇ、ユーリっていうんだよ。時々ニナ先生のお手伝いをしてるんだ」

「先生のお手伝いしてるのー？」

「そうだよー」

子供達と目線を合わせるようにして、悠利はいつも通りのほわほわした口調で会話を続ける。おっとりのほほんとした雰囲気とあいまって、子供達は悠利に対する警戒を解いた。

その中の一人が、あっと声を上げる。

「どうかした？」

「僕、お兄ちゃん知ってる。アレでしょ、いつも市場で鑑定で商品を選んでいく人！」

「……え？」

「すっごい目利きだってお母さんが言ってた！」

「……えーっと、それは、どうも」

満面の笑みで告げられた言葉に、悠利はぺこりと頭を下げた。そんな風に有名になっていたのかと、ちょっと困ってしまう。……まぁ、何も間違っていないのだが。日々のお買い物に、鑑定系最強のチート技能【神の瞳】さんを使いまくっている悠利である。技能の使い方が間違っているというツッコミは、届かない。

とはいえ、その少年の一言で、子供達はわらわらと悠利の周りに集まった。興味を引いたらしい。皆に質問されて、少年は自信満々に悠利についての解説を始める。

曰《いわ》く、市場で鑑定技能を駆使し、素晴らしい目利きで商品を選んでいく。

曰く、手にした魔法鞄《マジックバッグ》に大量の食材を買い込んでいく。

曰く、未知の食材でも鑑定技能で美味《おい》しい食べ方を見抜いて伝えていく。

……まぁ、別にどれも間違っていなかった。何故《なぜ》か一躍子供達の注目の的になってしまった悠利《ゆうり》は、どう話を切り出そうかなぁと困っていた。話題をいきなり変えると子供達の機嫌を損ねそうだったので。

しかし、ありがたいことに話は向こうから転がってきた。

「お兄ちゃん、鑑定上手なんでしょ？　何でも解るの？」

「え？」

「鑑定の技能を持ってる人は、色んなことが解るってお母さんが言ってた！」

キラキラと顔を輝かせる子供達に、悠利はハッとした。これはとても良い流れだった。この流れで話を持っていこうと決意する。

キュ？　と悠利の足元でルークスが不思議そうに鳴いた。何だかご主人様が張り切っているなぁという感じだ。けれど出来る従魔は賢いので、その場で大人しくしている。

そしてニナは、そんな悠利と子供達のやりとりをそっと見守っていた。今は自分が口を挟むタイミングではないと思ったのだろう。

「うん。何でも解るわけじゃないけど、色んなことが解るよ」

「すげー！」

「お兄ちゃんすごーい！」

「だからね、鑑定持ちのお兄ちゃんには、君達の中には日焼けのヒドい子がいて、ちゃんと治療しないとダメだってことも解るんだよ」

「「え？」」

悠利の言葉に、子供達はきょとんとした。何を言われているのか解らなかったのだろう。日焼け？　と不思議そうに呟《つぶや》く子供達に、悠利は優しい笑顔のままで言葉を続けた。

日焼けを甘く見ている、それが怪我《けが》の一つだと認識していない子供達に、ちゃんと解ってもらうために。

「日焼けは太陽の光で身体を攻撃されて出来てるみたいなものでね、人によってはちゃんと手当してもらわないとダメなときがあるんだよ」

「日焼けなのにー？」

「お母さんもお父さんもそんなこと言わなかったよー？」

「それはきっと、君達のお父さんやお母さんは、日焼けがヒドくならない人なんだね。でも色んな人がいるから、日焼けがヒドくなっちゃう人もいるんだよ」

悠利の説明に、子供達は神妙な顔になった。医者のニナ先生の言葉は話半分で聞き流しているのに、何故か悠利の言葉はちゃんと聞いている。

それはきっと、最初に悠利を知っていると言った少年が告げた「鑑定上手」という言葉が原因だろう。鑑定がどういう技能かを、彼らは知っているのだ。色んなことが解る凄い技能だと認識している。

だから、その技能《スキル》を持っている悠利が口にする説明を、疑えない。それに何より、悠利は頭ごなしに彼らの言い分を否定しない。聞き入れて、その上で説明をしてくれる。温和な雰囲気もあいまって、子供達は悠利の話を聞く態勢になっていた。

「例えばだけどね、そこの君、日焼けしたところがヒリヒリ痛かったりしないかな？」

「……い、痛い……」

「水はともかく、お湯が当たったら痛いとかじゃない？」

「……うん、痛いよ。お風呂《ふろ》、ちょっと嫌だなって思っちゃう」

悠利の言葉に、指名された少女はぼそぼそと答えた。シャツの袖《そで》から覗《のぞ》く腕は、真っ赤になっている。他の子供達の健康的な茶色とは違う。赤いのだ。

触れるだけでヒリヒリと痛むだろうに、彼女はそれを平気なフリをしていた。ちょっと痛いだけ、日焼けなんだから大丈夫、みたいな気持ちだったのだろう。悠利の言葉に、涙目になっている。

そんな少女の頭を優しく撫《な》でながら、悠利は言葉を続けた。

「そっか。やっぱりそうだったんだね。それはね、日焼けがヒドくて火傷みたいになっちゃってるからだよ」

「「火傷⁉」」

ぎょっとした声を上げたのは、殆《ほとん》どの子供達だった。彼らも火傷ぐらいは知っている。熱いものに触れたりすると出来る、とても痛くて嫌な怪我だ。切り傷擦り傷みたいに血が出るわけではないけれど、じくじくといつまでも痛くてたまらない。

なので、それと同じだと言われた少女を、皆が心配そうに見る。真っ赤な腕が、彼らには初めて大変な怪我をしている状態に見えた。今までは特に何も気にしていなかったのだけれど。

おろおろしている子供達に、悠利は笑顔で告げた。大丈夫だよ、と。

「大丈夫、心配しなくても良いよ。だってここには、ニナ先生がいるからね」

「……ええ、お薬を持ってきたわ。日焼けのヒドい子は、手当てをさせてくれると嬉《うれ》しいのだけれど」

「「ニナ先生、ありがとう！」」

具合を見ましょうねと微笑《ほほえ》むニナに、子供達は大きな声でお礼を言った。悠利はやっと話が通じたので、一安心だ。そっと一歩下がる。

ここから先は、医者であるニナ先生のお仕事だ。素人の悠利の出る幕はない。僕、良い仕事したなぁと悠利は自画自賛した。主の満足げな姿から何かを察したのか、ルークスが小さく鳴いてその足にすり寄った。褒めるように。

「ありがとう、ルーちゃん」

「キュイキュイ」

「でも本当、変な話だね」

「キュ？」

何が？　と言いたげに身体を傾けるルークスに、悠利は何でもないよと笑った。医者のニナの言葉が聞いてもらえなくて、怪我や病気に関しては素人の悠利の言葉に説得力を感じるなんて不思議だなぁと思っただけだ。

ただ、そこはやはり、悠利が鑑定技能を保持していると皆が知っていたことが大きい。悠利が思う以上にこの世界で鑑定の存在感は大きい。当人はまったく解っていないけれど。

熟練の腕ならば嘘を見抜くことさえ可能と言われる鑑定系の技能は、戦闘にも日常生活にも活用出来るが故に、一般人の認知度も高い。また、技能の内容も解りやすいため、子供達でもどういうものか理解しているのだ。

ニナが悠利に同行を願ったのは、別に鑑定技能に期待してではない。

彼女は単純に、悠利の人当たりの良さで自分と一緒に子供達を諭してくれないかと思っただけだ。思った以上に悠利が大活躍して驚いていたニナ先生である。

とりあえず悠利としては、ニナの役に立てて良かったという感想だ。自分が誰かの役に立てるのはとても嬉しい。ましてや、それは子供達のためになることなのだから。

「日焼けは度を超すと火傷になっちゃうから、ちゃんと治療してもらえて良かったなぁ」

「キュー？」

「あー、スライムのルーちゃんにはよく解らないか。こういう感じで、肌が太陽を浴びて色が変わることだよ」

「キュピ」

ぷよんぷよんしたゼリー状の生命体であるスライムに、火傷の概念は存在しない。なので、悠利はルークスに解るようにぺろんとシャツの袖をまくって見せた。

基本的にアジトで生活している悠利なので、そこまで日焼けはしていない。けれど、それでもシャツの下になっていた部分は、外に出ていた部分よりも色が白かった。うっすらと線が入っていることに気付いたルークスは、腕と悠利の顔とを何度も交互に見て感心していた。

「これがね、ヒドくなると火傷《やけど》、つまり熱いものに触れて皮膚が傷ついたのと同じ状態になるんだよ」

「キュイ」

「だからニナさんは、あの子達を治療しようとしてたんだ。優しいよね」

「キュイキュイ」

悠利の説明に、ルークスはこくこくと頷《うなず》いた。賢いスライムは、悠利の言葉をちゃんと理解していた。安定の規格外なルークスだった。

そんな暢気《のんき》な悠利とルークスの視線の先では、ニナが子供達の治療をしている姿がある。日焼けのヒドい子供達が数人、神妙な顔でニナの治療を受けている。そして、それを取り囲んで心配そうにしている子供達の姿も。

途中で、子供達の声に反応した親が姿を見せた。ニナの説明と子供達の発言を聞いた親達は、今までニナの言葉を本気で取り合わなかったことを詫《わ》び、治療を進んで受け入れたのだった。良いことである。

ニナは彼女の話を聞かなかったことを詫びる親達に、気にしないでくださいと微笑んでいる。彼女にとって重要なのは、子供達の日焼けの治療が出来ることだった。最終的に話が通じれば、治療が出来れば、それで彼女は満足なのである。模範的なお医者様だった。

なお、この経験から仲間達の日焼け状態をこっそり確認する悠利がいるのだが、幸いなことにヒドい日焼けの人はいなかった。何だかんだで仲間達は頑丈なのです。

◇◇◇

大衆食堂である《木漏れ日亭》は、安くて美味《うま》くてボリュームのある料理が特徴のお店だ。悠利の行きつけの外食先でもある。庶民派ご飯が多いので、毎日食べても飽きないのだ。ご近所さん御用達の食堂と言えた。

そう、あくまでもご近所さん御用達。冒険者愛用。庶民の味方で、ご飯が安くて手軽に食べられる庶民の店。それが《木漏れ日亭》だ。

なので、今悠利の目の前にある料理は、普通に考えればこの店では出てこない。

「……あのー、このお肉、どうしたんですか？」

「え？　どうかした、ユーリくん」

「いえあの、シーラさん、このお肉って……」

「あぁ、今日の特別メニューなの。美味しいわよ」

困惑しながら問いかける悠利に、看板娘のシーラは満面の笑みで答えてくれる。素敵なウエイトレスさんの、掛け値なしに本気の笑顔だ。周囲の客の何人かは見惚《みと》れている。

しかし、今の悠利にはあまり効果がなかった。そういう話じゃないんですけど、とぼそりと呟いてしまう。目の前の料理は確かに美味しそうなのだが、そういう問題ではないのだ。悠利が聞きたいのは別の話である。

悠利の目の前にある料理は、タンシチューだ。茶色いソースにゴロゴロと入った野菜と肉が実に美味しそうだ。ふわりと鼻腔《びこう》をくすぐる濃厚な匂いに、ぐぅとお腹が鳴ったのも事実。

ただ、うっかり興味本位で「どんなお肉なんだろう～」と鑑定してしまったのが運の尽き。【神の瞳《ひとみ》】さんが示してくれた情報に、悠利は思わず固まってしまったのだ。

ちなみに、その【神の瞳】さんの鑑定結果はこちらである。

――バイソンキングのタンシチュー。

強力な魔物であるバイソンキングのタンをふんだんに使った、とても贅沢《ぜいたく》なタンシチューです。じっくり時間をかけてタンを煮込み、野菜の旨味との相乗効果でとても美味しく仕上がっています。なお、バイソンキングは強力な上に見つけにくく、市場で出回る肉の中ではかなりの高級品です。バイソンキングの肉はどの部位でも、基本的に高級料理店や貴族などに提供される高級食材になります。

滅多に食べられるものではないので、味わって食べることをオススメします。

【神の瞳】さんは今日もフランクで愉快だった。どう考えても友達相手のコメントみたいになっている。悠利の技能は今日も今日もへんてこりんだ。

とはいえ、【神の瞳】さんの鑑定結果がフランクだろうが、使用者が悠利《ゆうり》であるために変な方向にアップグレードされていようが、そんなことは悠利にはどうでも良いのだ。比較対象がないので、これが異質で規格外だということが解っていないのも理由である。

悠利にとっては、【神の瞳】さんのぶっ壊れ性能などよりも、目の前にあるのが高級食材の料理だということの方が重要だった。何でそんなものが、庶民の味方な《木漏れ日亭》で出てくるのかがさっぱり解らないのだ。

それと同時に、ちょっと心配になったのもある。

「……あの、シーラさん、ダレイオスさんは、お元気ですか？」

「お父さん？　物凄《ものすご》く元気よ。元気すぎて困るぐらい。まっ、お店をやってるんだから、元気でいてもらわないと困るんだけどねー」

「そうですか。それなら良いんです」

シーラの返答で、自分の心配が杞憂《きゆう》だったことが解って、悠利はほっと胸をなで下ろした。ゆっくり食べてねと微笑んで仕事に戻るシーラを見送り、目の前のタンシチューと向き合う。

ちなみに、悠利の心配は、この店ならではの事情に起因する。

「……良かった。ダレイオスさんが強力な魔物と戦って怪我をしてなくて」

小さく呟《つぶや》いた悠利の言葉に、悠利の足元でルークスが不思議そうにキュイ？　と鳴いた。そんな可愛《かわい》い従魔に、何でもないよと笑って悠利は頭を撫でてやる。ルークスは悠利に頭を撫でられて嬉しそうだ。

うものだ。

悠利の心配とは、元冒険者であるダレイオスがバイソンキングと戦って怪我《けが》をしていないかとい
ダレイオスは《木漏れ日亭》の店主であり、料理を担当している。元冒険者でもあるこのおやっさんは、肉を求めて武器を握って出掛けてしまうタイプなのだ。勿論《もちろん》毎日ではないのだが、気が向いたら肉を狩りに出掛けるのだ。

……肉を狩る、すなわち、魔物を狩る、だ。

大衆食堂の主《あるじ》になっても、冒険者の頃の癖が抜けないのか。それとも、美味《おい》しい肉は自分で手に入れてくる方が安くて早いと思っているのか。悠利には定かではないが、とりあえず、肉を狩りに行っちゃう店主殿が無傷で良かったと思った。

これで、心置きなくタンシチューを食べられる。……まぁ、どこでどうやって手に入れたのかは謎なのだけれど。そこは後でまた話を聞いてみようと思う悠利だった。せっかくのタンシチューが冷めてしまっては残念なので。

「いただきます」

ぱんっと悠利は手を合わせて食前の挨拶《あいさつ》を呟き、目の前のタンシチューに向き直る。バイソンキングというのは大きな魔物なのか、器《うつわ》の中のタンはごろごろしていた。ジャガイモや人参《にんじん》も同じくごろごろしている。実に食べ応えのありそうな一品だ。

ふわっと鼻腔をくすぐるブラウンシチューの匂いは、悠利のお腹の虫を刺激する。美味しいに決まってるじゃないかと思いながら、悠利はスプーンを器に差し込んだ。

とろりとしたタンシチューは、匂いと見た目だけでも十分に存在感を主張する。大きな具材がスプーンにずっしりと重さを伝えてきた。まずは食べやすい量だけを掬《すく》って、悠利はぱくんと口へと運ぶ。

瞬間、ソースの濃厚な旨味が口の中に広がった。じっくり時間をかけて煮込まれたのか、甘さと旨味を孕《はら》んだ味がとても美味しい。ほくほくのジャガイモがソースと絡み合って、何とも言えず優しい味わいだった。

「んー、美味しいなー。ジャガイモも人参もスプーンで切れるぐらいに軟らかくて、ソースと絡んで食べやすいし」

にこにこ笑顔で悠利はパクパクとタンシチューを食べる。ごろごろとしたジャガイモと人参に舌鼓を打った後は、お待ちかねのタンである。こちらもごろんとしていて、スプーンに載せると存在感が増した。

見た目はごろごろとしているので固いのだろうかと心配した悠利だが、口に含んだ瞬間にそれが杞憂だと解った。歯で少し力を加えただけで、タンはほろほろと崩れたのだ。よく煮込まれているのか、簡単に崩れる。

また、それだけではなく食感も味も実に良い。ぎゅぎゅっと肉の旨味を凝縮し、シチューとの相性も抜群。よく味わって食べようと思うのに、美味しいのと食べやすいのとで一瞬で飲み込んでしまった。

シチューにもタンの旨味が染みこんでいて、具材無しでソース部分だけを食べてもとても美味しい。付け合わせのパンに染みこませて食べても絶品だった。

「バイソンキングって本当に美味しいんだ……」

【神の瞳】さんの鑑定結果を疑うわけではなかったが、想像以上の美味しさに悠利は思わず相好を崩す。タンもたっぷり入っていて、満足感が凄《すご》い。

こういう言い方をしては何だが、まさか大衆食堂である《木漏れ日亭》でこんな豪勢な料理が食べられるとは思わなかったのだ。

勿論、悠利はダレイオスの料理が美味しいことを知っている。元冒険者だが、彼の料理の腕前は確かだ。ただし、安くて美味しい庶民ご飯がメインであるのは間違いない。こんな高級食材が出てくることなんて、普段はないのだ。

だからだろうか。今日はいつも以上に賑《にぎ》わっている気がしたし、皆がわいわい騒ぎながらタンシチューを食べている。いつもならばバラバラの料理を食べているはずなのに、今日は殆《ほとん》どの人がタンシチューを食べているのだ。

多分、看板娘であるシーラがオススメしているのだろう。悠利も彼女にすすめられてタンシチューにした口だ。そして、そのオススメに従った結果、とても美味しいタンシチューを食べることが出来ている。ありがたい。

「確かに、これだけ美味しかったらオススメしちゃうよね……」

ダレイオスの腕云々以前の問題だ。普段ならば絶対に食べることが出来ない希少な肉を堪能出来る料理ならば、看板娘のシーラが常連客達にオススメしまくっても仕方ない。そして、そうやってオススメを食べた面々が顔馴染《かおなじ》みに口コミで広げているのだろう。同じメニューを頼む人が多いのは、きっとそういうことだ。

かくいう悠利も、今この場で知り合いに会ったなら、「タンシチューがとっても美味しいから是非食べて！」と宣伝してしまうだろう。美味しい料理は皆で分かち合いたい。

また、食欲旺盛《おうせい》な人々などは、お代わりをしている。別の料理を頼むのではなくお代わりというのは、ちょっと珍しいなと思う悠利だ。やはり、それだけバイソンキングのタンシチューは美味しいのだろう。

「ルーちゃんもちょっと食べる？」

「キュ？」

「はい、どうぞ」

「キュピー」

悠利の言葉に、ルークスは「良いの？」と言いたげに身体《からだ》を傾けた。小首を傾《かし》げるような仕草だ。

そんなルークスに微笑《ほほえ》んで、悠利は小皿にタンシチューを入れる。勿論、具材も込みで。

ルークスはよじよじと椅子の上に登ると、うにょーんと身体を伸ばして小皿を取り込んだ。中身を吸収し、小皿をぴかぴかにして机の上に戻す。

「どう？」

「キュキュ！」

「そっか。良かった」

身体を揺すってご機嫌のルークスに、悠利も笑顔になる。

しかし、この場合ルークスはバイソンキングのタンシチューの美味しさを理解したのではなく、大好きな主人である悠利がご飯を分けてくれて、同じものを食べられたことが嬉《うれ》しいのだ。その辺が悠利にはイマイチ伝わっていなかった。

まぁ、通じていなくとも双方が幸せそうなのでそれで良いのだろう。実に平和な光景だった。

そんなこんなで食事を終えた悠利とルークスは、客が少なくなった《木漏れ日亭》に残っていた。正確には、デザートも堪能してゆっくり食事をしていたら、ピークをすぎたという感じだ。

周囲の客も食事を終えて食後のデザートや飲み物を堪能している感じだった。ピーク時は回転が速いが、それをすぎれば幾ばくか落ち着くのが常になる。常連達が気楽にくつろいでいる感じだった。

「ユーリくん、味はどうだったかしら?」

「あ、シーラさん。とても美味しかったです。具材がごろごろしてて、なのにどれもとても食べやすくて」

「それなら良かったわ。タンシチューは、好みが分かれちゃうから」

にっこり笑顔の看板ウエイトレスさんに、悠利はちょっと考えてから確かにと頷《うなず》いた。タンシチューがというよりは、タンがという方が正しいだろう。タンは独特の食感があるので、それを苦手とする者もいるのだ。

それでも、今日食べたタンシチューは文句なしに美味しかったので、悠利は素直にその感想を伝えた。ついでに、気になっていたことも聞いてみる。

「シーラさん、タンシチュー凄く美味しかったんですけど、あのタンってバイソンキングで合ってますか……？」

「ええ、合ってるわよ。鑑定したの？」

「はい。ちょっと気になったので。……で、バイソンキングの肉ってかなり高級な食材じゃないですか」

「そうね。市場で仕入れると大変なことになっちゃうと思うわ」

「その割に、このタンシチューの値段がいつものメニューと変わらないんですけど……」

何でですか？　と問いかける悠利に、シーラはぱちくりと瞬《まばた》きをした。

料理にどんな値段を付けるかは、料理人が決めることだ。客側としては、リーズナブルなお値段で高級食材の美味しい料理が食べられて美味しいのは事実。事実だが、原価とかを考えると大丈夫なのか心配になるのだ。

そんな悠利の心配に気付いたのか、シーラは大丈夫よと笑った。何一つ気負っていない笑顔だった。

「シーラさん？」

「ユーリくんがうちのお店を心配してくれたのはよく解ったわ。でも本当に大丈夫なの。このお肉、もらい物なのよ」

「もらい物……？」

「そう。お父さんの昔の仲間が、届けてくれたのよ」

ぱちんとウインクをするシーラに、悠利はぽかんとした。店主の元仲間による差し入れと理解して、けれどそれでも思わず問いかけてしまった。

「ダレイオスさんの昔の仲間ってことは、それなりの年齢の方々なんじゃないんですか……？　バイソンキングって強い魔物ですよね……？」

「大丈夫、大丈夫。お父さんの昔の仲間って、全員が長命種なのよ」

「へ……？」

「山の民とか羽根人とかの、私達よりずーっと長生きする種族の人ばっかりなの。だから、現役を退いたお父さんはともかく、皆さんまだまだとっても元気なのよ」

「……なるほど」

シーラの説明に、悠利は納得した。ダレイオスの年齢が年齢なので、その仲間ならばそこそこの年齢だと思っていたら、まさかの長命種オンリーというオチである。流石《さすが》は異世界と思った悠利だった。

なお、悠利が気にしていたのは年齢部分だけだが、そこを差し引いてもバイソンキングを倒せる段階でかなりの高レベルパーティーになる。まぁ、未だに一人で肉を求めて狩りに行くダレイオスの仲間なので、気にしてはいけない。

「タンって一頭からそんなに取れないと思うんですけど、そんなに大量だったんですか？」

「他の部位に比べたら少ないけど、バイソンキングが物凄《ものすご》く大きいから、タンもとっても大きいのよ」

「へー」

「もう全部調理しちゃったから、見せてあげられないんだけどね」

「それは残念です」

シーラの言葉に、悠利《ゆうり》は割と真剣に答えた。大人数分のタンシチューを賄えるだけの大きさのタンとはどんなものか、とても気になったのだ。次の機会があったら是非とも見せてほしいなと思う程度には興味を引かれている。

「高級肉を差し入れしてくれるなんて、優しいお仲間さんなんですね」

「……うーん、優しいのは優しいけど、ちょっと理由が違うのよね」

「え？　どういうことですか？」

てっきり食堂を経営している元仲間への差し入れだと思っていた悠利は、シーラの反応にきょとんとした。高級食材を惜しみなく分けてくれる優しい仲間だと思っていたのに、違うんだろうかと思ってしまう。

そんな悠利に、シーラは笑いながら続けた。

「届けてくれたのはタンとスジ肉だったの」

「……煮込まないと美味しくない部位ですね？」

「ええ、そうね」

悠利の意見に、シーラはこっくりと頷いた。タンもスジ肉も確かに美味しいが、しっかり煮込むことによってその良さが引き出される部位であることに間違いはない。何でそこ限定なんだろうと思ってしまう悠利。

答えは、シーラではなく厨房《ちゅうぼう》から出てきたダレイオスの口から聞かされた。

「あいつらは時間をかけて煮込むとか手間暇かけるとかが苦手でな。美味《うま》くなるのは解ってるが自分達じゃ調理出来ないってんで、タンとスジ肉を置いていったんだ」

「……それ、厄介払いみたいになってません？」

「厄介払いというか、『お前が作ったら美味しくなるのは解ってる。しばらく王都にいるから、何か美味いものをこしらえてくれ。ちゃんと金は払うから』っていうのが経緯だ」

「適材適所を物凄く理解されているお仲間さんですね」

ダレイオスのざっくりとした解説に、悠利は他に言う台詞《せりふ》が思い浮かばなかった。若干コメントに困ったともいう。

「まぁ、元々あいつらと旅をしてた頃も飯を作るのは俺だったからな。あの頃みたいに、美味い食材をあいつらが狩ってきて、俺が作って食わせるってのをやってるだけだろう」

「そのもらった食材を他のお客さんに出すのは、オッケーなんですか？」

「あぁ。自分達が飲み食いする分があれば、余分を店に出しても気にしないからな」

「なるほど」

納得する悠利と、肩をすくめているダレイオス。その背後で、シーラが笑いをかみ殺している。それに気付いた悠利が首を傾げると、彼女は楽しそうに笑いながら口を開いた。

「あのね、ユーリくん。それも確かに理由としては合ってるんだけど、あの人達は店を頑張ってるお父さんを応援したいだけなの」

「……はい？」

「でも、素直に応援したり、食材を差し入れたりするのが苦手だから、こんな風に理由を付けちゃってるのよ。お父さんも理由がなかったら受け取らないし」

「……大人は大変なんですねぇ」

元仲間を応援したいが素直に食材の差し入れが出来ない長命種達もだが、元仲間からの食材の差し入れを理由もなく受け取れないダレイオスも大概だ。大人ってそういうところは面倒くさいなぁと思う悠利だった。

何せ、悠利がダレイオスの立場だったら、どんなものでもありがたくもらう。素直に受け取る。受け取って、皆に美味しい料理を振る舞うまでがセットだ。簡単に想像出来る。

シーラと悠利の視線を受けたダレイオスは、面倒くさそうに口を開く。それは、彼なりのけじめで、理由でもあった。

「あいつらは魔物を退治して食材を手に入れるのを生業《なりわい》にしてるんだよ。昔は俺もそうだったが」

「お仕事、ですか……？」

「そうだ。頼まれて食材を仕入れに行くような奴らだぞ。仕事として受け取るならともかく、無意味に食材を受け取れるわけがねぇだろ」

食材ハンターみたいなお仕事があるんだなぁ、と悠利はのんびりと思った。そんな悠利の耳に、楽しげなシーラの声が届く。

「お父さんは意地っ張りだし、仲間の皆さんも素直じゃないから、こうなってるのよ」

「やっぱり大人って大変なんですねぇ」

「俺の話を聞いてたか、お前ら……」

ダレイオスの説明をしっかり聞いた上で、シーラと悠利の感想は何も変わらなかった。即座にダレイオスからツッコミが入るが、二人はきちんと話を聞いている。聞いて、それでもやっぱりそう思ってしまったのだ。

応援したいなら素直に渡せば良いいし、それが嬉しいなら普通に受け取れば良い。お礼に美味しい料理を作って食べさせてあげれば良いじゃないかというのが、悠利とシーラの感想だ。それが出来ないから大人は大変だなぁと思うだけで。

とりあえず、何で大衆食堂で高級食材が出てきたのかという謎は解けたので、悠利は満足だった。美味しいものを食べられたのは嬉しい。それがお手頃価格なのはもっと嬉しい。そして、別にそれで店側が無理をしているわけではないと解ったので、とても安心したのだ。

目の前で始まる父と娘の言い合いを、のんびりと笑って眺められる程度には、一安心している悠利だった。

それから数日、オススメ料理が物凄く美味しいということで賑《にぎ》わう《木漏れ日亭》なのでした。

◇◇◇

調香師レオポルドは、とても勤勉な人物である。

確かな技術と完璧《かんぺき》なるセンスを誇る、調香師としては一級と称《たた》えられる能力を持っている。どんな相手にも物怖《ものお》じせず、また己の商品に一切の妥協を挟まない彼の人は、まさしく職人と呼ぶに相応《ふさわ》しいだろう。

……まぁ、腕は確かだが、性格がちょっと個性的なので、人によっては苦手にしているのだが。唯我独尊で天下無敵のオネェなので、色んな意味で濃いのだ。とはいえ、それを差し引いても文句なしの品質を誇る香水を作り出すので、お客様は各方面に多数いる。

そんな美貌《びぼう》のオネェは、時折《真紅の山猫《スカーレット・リンクス》》に顔を出す。普段は店で客の相手や、工房で商品の調合などを行っているのだが、茶飲み友達である悠利のもとへやってくることもあるのだ。

忙しいレオポルドを知っているので、悠利の方から店に顔を出して世間話をしにいくこともある。けれど今日は、レオポルドがやって来ているのだった。

「新商品のアイデア、ですか……？」

「ええ、何か思いついたことがあったらで構わないのよ」

「レオーネさんの香水を使った商品……」

うーんと悠利は唸《うな》る。普段お世話になっているレオポルド相手なので、出来れば何かお役に立ちたいとは思っているのだ。けれど、それでも突然言われていきなりアイデアが出てくるかというと、ちょっと無理だ。

勿論《もちろん》、レオポルドも無理難題をふっかけるつもりはない。お茶を楽しみながらの雑談として口に出しただけだ。なので、真剣な顔で唸る悠利を見て笑みを浮かべる。

「ユーリちゃん、何もそんなに真剣に考え込まなくても良いのよぉ」

「レオーネさんの香水がとっても素敵なのは解ってるんで、何かないかなーとは思うんですけど」

「だから、無理に考え込まなくても大丈夫よって言ってるでしょう？　自分一人で考えるより、誰かの意見を聞いた方が色々と考えつくから聞いてみただけよぉ」

真面目ねぇと笑うオネェに、悠利は首を傾《かし》げる。別に真面目なつもりはなかった。ただ、いつもお世話になっている相手なので、自分に出来ることを探してみただけだ。あくまでも自然体でそう思っている悠利である。

そんな悠利が解っているので、レオポルドはやはり楽しそうに笑うのだ。いつも一生懸命で、誰かのために頑張る悠利をレオポルドは可愛《かわい》がっているのである。多分、可愛い可愛い弟分みたいな認識なのだろう。

後、同じ趣味の仲間。彼らは興味のある分野や盛り上がる分野が良く似ていた。

「レオーネさん、新商品を作ろうとしてるんですか？」

「新商品はいつも考えてるわよぉ。香水って、使う人が限られるでしょう？　だから、より幅広く使ってもらえるように色々と考えているの」

「あぁ、確かに香水って、女性や裕福な男性が使うイメージですもんね」

「勿論そういうお客様は尽きないけれど、出来るなら色んな人に使ってほしいでしょう?」

「レオーネさんの香水は素敵な香りですもんね」

常に前向きなオネェの、職人として、商売人としての考えに、悠利は素直に同意した。レオポルドが作る香水は、とても素敵な香りだ。勿論お値段はそれなりにするが、質の良い香水を良心的な価格で販売している。

また、単なる香水だけではない。

薬師《くすし》としてかつては冒険者をしていたレオポルドには、その視点からの商品もあるのだ。代表的なのは魔物除けの香水で、安全な旅を求める人々が買い求めている。また、その質の良さを認めて王都の冒険者ギルドでも販売されている。

特に表立って販売をしてはいないが、自身が戦闘時に使う香水も作っている。香りが与える効果というのはバカに出来ない。相手の感覚を狂わせる匂いを操る美貌のオネェは、今でもかなりの戦闘能力を誇っている。

そんなレオポルドの香水を活用する新商品のアイデアと言われて、悠利も頭を悩ませる。悠利に出来るのは一般人感覚で考えることだけだ。ただし、その一般人感覚は現代日本での生活を基盤にしているので、こちらの人々にしてみれば珍妙なアイデアになることもある。

趣味特技が家事全般で、可愛いものや綺麗《きれい》なものを好んでいた悠利ではあるが、男子高校生にとって香水はあんまり縁がないものだった。母や姉が使っているのを見ていたぐらいなので、なかなか良いアイデアが浮かばない。

「具体的に、どういう層に使ってほしいとかってありますか？」

「出来るなら、香水に馴染《なじ》みのない人達に、親しんでほしいとは思っているわ」

「となると、香水の形状のままより、何か違うものにして香りに馴染んでもらった方が良いと思うんですよねぇ……」

「そうねぇ。香り付きのハンドクリームは好評なんだけれど」

アレって女性しか使わないからと続けられた言葉に、悠利はハッとした。香料入りの何かを作るというのは良いアイデアだ。そして、悠利の知識の中に、香水というかアロマオイルを活用するある商品が思い浮かんだ。

「レオーネさん、石鹸《せっけん》はどうでしょうか？」

「石鹸？」

「石鹸を作るときに、ハンドクリームのときのように香料を入れるんです。レオーネさんの香水の匂いを仄《ほの》かに感じられる石鹸って、お洒落《しゃれ》だし使いやすいと思いませんか？」

「あら素敵！」

悠利の提案に、レオポルドはぱんと手を叩《たた》いて喜んだ。どうして考えつかなかったのかしらと大喜びする美貌のオネェ。いつもお世話になっている相手が喜んでくれているので、悠利はちょっと嬉《うれ》しくなった。自分でもお役に立てたというのは、嬉しいことだ。

悠利達が普段使っている石鹸は、特に香料が強いものではない。実にシンプルな石鹸だ。

対して悠利《ゆうり》が思い出した香料入りの石鹸は、可愛らしい形や色をしていた。女性へのプレゼントにも使われていたので、そういう風にギフトとしても使えるかもしれない。

また、香水を買うのはハードルが高くても、香り付きのお洒落な石鹸ならば買いやすいかもしれないのだ。香水は嗜好品《しこう》だが、石鹸は日用品である。そこでちょっと贅沢《ぜいたく》を楽しむのも、まぁ、悪くないのではないかと思った悠利である。

「ユーリちゃん、具体的にどんな感じとかイメージあるかしらぁ？」

「香料はそんなに沢山入れない方が使いやすいと思います。ふわっと香るぐらい？　後は、形や色もお洒落にしたら、贈り物に使えるかなぁって感じです」

「うふふ。随分と具体的ね」

「故郷にあったので。姉がよく買ってました」

「本当、ユーリちゃんの故郷って素敵なところねぇ。一度行ってみたいわぁ」

楽しげに微笑《ほほえ》むレオポルドに、悠利はあははと笑った。連れて行くどころか自分が戻れないので、どうにも出来ない悠利である。そもそも、何で自分が異世界に吹っ飛ばされているのかすら、解っていないので。

なので、その話題に関しては笑って流すだけだ。どこかの偉い人が移動手段を見つけてくれるまで、悠利にはのんびり生活するぐらいしか出来ないのだ。……一応、《真紅の山猫》の頭脳担当である学者のジェイク先生が、仕事の合間にちょこちょこ調べたりはしてくれているようです。成果はまだちっともないが。

雑談をしながら石鹸のアイデアを相談する二人。実に楽しそうな光景だ。生物学上の性別は男性の二人なのだが、会話内容は女子組が交ざっても問題ないぐらいの話題である。安定の二人だった。彼らは趣味が合う同士なのである。

そんな風に話していると、不意にレオポルドがアンニュイな表情でため息をついた。美貌のオネェがそういう顔をするとぐっと絵になる。……まぁ、悠利は絵になるとか思わずに、何か困りごとかな？　と心配そうに見るだけなのだが。

「香水の瓶、今のよりも更に小さいのを作るべきかしらねぇ……」

「レオーネさん？」

「お客様がなかなか使い切れないってお困りなのよ」

「あー、香水って、別に一度にそんなに使いませんもんね」

「えぇ、そうなの」

レオポルドの発言に、悠利は納得した。香水は瓶で購入するが、一度に付けるのはそこまで多くない。毎日使うわけでもなければ、残ってくるだろう。

また、お洒落にこだわる人々ならば、服を変えるように香水も変えるだろう。そうすると、使い切れないこともあるのかもしれない。色々あるなぁと思う悠利だった。

「ユーリちゃんは、買ってくれた香水は匂い袋にしていたのよねぇ？　全部使い切れたの？」

「いえ、流石《さすが》に全部は使い切れてないです。ハンカチに染みこませてタンスの中に入れたりしてますけど」

「貴方《あなた》、本当に流れるように女子力高いわよねぇ」

「衣類の消臭にもなって良い感じですよ」

にこやかに笑う悠利に、レオポルドは感心する。十代の少年でそこまでさらりと香水を活用する者はいないだろう。なお、悠利の感覚では防臭消臭アイテムの代わりみたいなものである。市販品がないので、素敵な匂いだと解っているレオポルドの香水を使っているのだ。

そもそも、匂い袋、サシェを作るのに購入したのが目的であって、普通に使うつもりはカケラもないのだ。悠利は周りが着飾ったりお洒落をするのを見るのは好きだが、自分自身をどうにかしようとは思わないタイプなので。見ているだけで幸せなのだ。

そこで悠利は、自分が活用している方法を思い出した。もしかしたらやっていないかもしれないと思い、口を開く。

「レオーネさん、僕、洗濯にも使ってるんですけど」

「洗濯？」

「はい。すすぎのときに数滴香水を入れると、仄《ほの》かに香りがするんです」

「……それ染みになっちゃわないの？」

「そんなにいっぱい入れないです。二、三滴ぐらいですよ」

「そんな使い方があったのねぇ……」

感心するレオポルドに、悠利は説明を続けた。自分がレオポルドの香水にどれだけ助けられているのかをちゃんと伝えたかったのだ。

「下着とか、ハンカチ、シーツ類を洗うときにちょっと入れると、とっても良い香りになるんですよ」

「なるほどねぇ。使う香りを選べば、良い感じになりそうねぇ」

「そうなんです。特に、シーツは良いですよ！　レオーネさんの香水で香り付けをして、太陽に干すととっても良い匂いになるんです」

「ありがとう」

満面の笑みで伝える悠利に、レオポルドは微笑みを浮かべた。自分の商品を上手に活用してくれていること、それを喜んでくれていることが、職人でもある彼には嬉しいのだ。自分が作ったものが客を笑顔にしていると解るのは、格別なので。

そして同時に、悠利のその発想はレオポルドにとっては渡りに船だった。洗濯は、どの階級の人々でも行うことなので。

「つまり、お客様にその方法をお伝えすれば良いのよね」

「そうですね。香水を無駄にするより、有効活用してもらえたら嬉しいですし」

「あたくしも勿論そう思っているのだけれど、あたくしよりもお客様が無駄にすることを気にしていらっしゃるのよぉ」

「優しいお客さんが多いんですね」

「えぇ、おかげさまで。あまり変なお客様はお越しにならないの」

にっこり笑顔のレオポルド。その麗しい微笑みを見ながら、そうだろうなぁと思う悠利だった。

お仕事に真面目な職人さんであるが、レオポルドは天下御免のオネェである。それを知った上でやってくる客なので、その段階である程度の棲み分けはされているだろう。

また、レオポルドが店主を務める《七色の雫《しずく》》の香水は、質の良さに合わせてお値段もそれなりというので有名だ。決してぼったくっているわけではない。むしろ、原材料や出来映えを考えればかなり良心的だ。それでもやはりそれなりのお値段なので、買い求める客の層もある程度の収入がある人々になる。

客というのは不思議なもので、一定の水準以上を求められる場所には、品性も一定の水準以上の人々が集まるのだ。

勿論、成金という言葉が示すとおりに、お金はあるけれど品性はちょっとお粗末な方々もいる。けれどやはり、富裕層というのは精神的にも余裕のある人々が多い。そういう意味でも、レオポルドの客は良心的なお客様が大半だった。

ちなみに、ごくまれに現れるちょっと困ったお客様に関しては、目に余る行動を認識した瞬間に店主自ら叩き出すという徹底っぷりだ。具体的には、金に物を言わせて店内で横柄な振る舞いをし、他のお客様に無体を働くような方々である。オネェは自分の店に来るお客様を守ることを躊躇《ためら》わない。

もっとも、貴族にも顔の利くレオポルド相手に喧嘩《けんか》をふっかけるのは、どう考えても愚の骨頂だ。彼のお得意様には、名のある貴族様もたくさんいるのだ。社交界にも顔を出す美貌《びぼう》のオネェを、舐《な》めてはいけない。

まぁ、悠利にはそんな事情は解らないし、レオポルドも伝えるつもりはない。なので悠利の中では「レオーネさんを見ても平気な人ばっかり集まるんだろうなぁ」という結論に達していた。間違ってはいないが、それが全部でもない。

「今回も素敵な意見をありがとう、ユーリちゃん。おかげで助かっちゃったわ」

「お役に立てました？」

「それは勿論《もちろん》」

「それなら良かったです」

満面の笑みを浮かべるレオポルドに、悠利も嬉しそうに笑った。他愛《たわい》ない雑談をしていただけだが、役に立てたのは本当に嬉しかったので。

「とりあえず、石鹸は作っている職人に話をしてみるわ。試作品が出来たら使ってみてちょうだいね」

「いいんですか？」

「実物を見たことのある貴方の意見は貴重なの。是非ともお願いしたいのよ」

「僕でお役に立てるなら、喜んで。それに、レオーネさんの香水は素敵なので、それを使った石鹸もきっと素敵になると思うので、楽しみです」

「嬉しいことを言ってくれるわね！　本当にユーリちゃんって可愛い！」

「もが……ッ！」

悠利の素直な感想に喜んだレオポルドは、感極まったように悠利の身体《からだ》を抱きしめた。男同士なので抱擁されても別に問題はない。しいていうなら、着痩《きや》せするのでほっそりして見えるが、その実元冒険者らしく鍛えられた筋肉の逞《たくま》しい胸板に押しつけられて苦しいだけで。

麗しい美貌のオネェは地味に細マッチョだった。以前一緒にお風呂《ふろ》に入ったときにも思ったが、見た目に反して筋肉があるのだ。そして、筋肉があるということは腕力もあるということである。抱きしめられて少しばかり息苦しい悠利だった。

とはいえ、レオポルドは自分でちゃんと気づいてくれる。悠利がもがもが言っていると、ぱっと手を放して解放してくれるのだ。その辺り、いつまでも気づかないレレイとは違った。大変ありがたい。

「ごめんなさい。ついはしゃいじゃったわぁ」

「いえ、大丈夫です。石鹸の完成、楽しみにお待ちしてますね」

「えぇ、待っていてちょうだい」

新しい楽しみが出来てうきうきしている悠利と、そんな悠利に優しい笑顔を向けるレオポルド。実に平和な光景だった。

そして、二人の楽しい楽しいお茶会は、まだまだ続いた。途中で通りかかったアリーがレオポルドに声をかけられても面倒くさそうに立ち去っていったり、同じく通りかかったブルックがお菓子だけ食べて早々に立ち去ったりと、その後も愉快な光景が見られるのでありました。

後日届けられたアロマ石鹸の試作品は悠利と女性陣のハートを鷲掴《わしづか》みにし、製品化される日を皆が心待ちにするのでした。

エピローグ　彩り綺麗《きれい》なちらし寿司

その日悠利は、何となく思い至ってメニューをちらし寿司にすることに決めた。特に深い意味はない。ただ何となく、お寿司を食べたいなぁと思っただけなのだ。

とはいえ、《真紅の山猫《スカーレット・リンクス》》の面々で魚の生食に抵抗を持たないのは、悠利とヤクモとイレイシアの三人のみ。他は、あまり得意としてはいない。出来れば火の入った魚が良いと思っているのを悠利は知っている。

だから、ちらし寿司なのだ。悠利の寿司のイメージは握りなのだが、握りには生魚が必要だ。それはあまり受け入れられないだろうし、何より人数が多いので作るのが大変だ。あと、そもそも悠利は寿司を握ったことがないので、シャリを作るための微妙な力加減などは解らない。

それに対してちらし寿司は、生ものがなくても成立する料理だ。載せる具材は地方によって違いがあるそうだが、悠利が作るのは具材も少なく、酢飯に何も混ぜないシンプルなものだ。人数が多いので、あまり手の込んだ準備は大変だなと思ったので。

甘酢を混ぜた酢飯の上に、錦糸《きんし》玉子、絹さや、人参《にんじん》、蓮根《れんこん》を盛り付けるだけである。思い立ったのが突然だったので、使えそうな具材がそれぐらいだったのだ。今回作ってみて皆に好評だったら、次は茹《ゆ》でた海老や甘辛く煮付けたシイタケなどを載せようと決意する。

まぁ、酢飯が皆に受け入れられるかどうかは、やってみないと解らないのだが。酢の物は普通に食べているので、酢の味がダメという人はいないのだろう。後は当たって砕けろだ。

勿論、万が一に備えて白米も用意しておく。酢飯が苦手だと思った人には、白米の上に具材を盛り付けて食べてもらえば良い。

「そんなわけで、今日の夕飯はちらし寿司です」

「……チラシズシって何だ？」

「僕の故郷の料理の一つ。お酢で味付けしたライスの上に具材を載せて食べる料理です」

「……酢で、ライスに味付け？」

「うん」

不思議そうな顔をするカミールに、悠利《ゆうり》はにこにこと笑っている。何だかんだで皆の味覚が自分とそんなに違わないと解っているので、あまり不安を感じてはいないのだ。

そしてカミールもまた、悠利が作る料理の味を信頼しているので、少し考えただけで頷《うなず》いた。食べたことはない料理だけれど、悠利が出してくる料理ならそこまで不味《まず》いことはないだろう、と。謎の信頼だった。

「とりあえず、盛り付けに使う具材を準備します」

「おー」

「なので、カミールは人参と蓮根の皮むきをお願い」

「任された」

カミールに人参と蓮根を任せた悠利は、絹さやに手を伸ばす。ぷちぷちと丁寧に筋取りを行い、それが出来たら塩を少し入れたお湯で茹でる。絹さやの緑が、火が通って更に鮮やかに美しく染まった。

茹でた絹さやは水をよく切ってザルにあけておく。粗熱が取れてから、食べやすい大きさに刻む予定だ。そのまま使っても良いのだが、今日の絹さやは少し大きめだったので、刻んだ方が食べやすいと思ったのである。

続いて悠利が取りかかるのは、ある意味最大の難所、錦糸玉子だ。

錦糸玉子とは、簡単に言えば薄焼き玉子の千切りだ。しかし、これがなかなかに難しい。薄焼き玉子は、火加減を間違えると茶色に染まってしまうのだ。真っ黄色の綺麗な薄焼き玉子を焼くことが、第一関門なのである。

「ユーリ、それ、何してんの？」

「薄焼き玉子作ってるの」

「……うげっ、難しそう」

「失敗すると破れちゃうんだよね～」

「頑張れー」

「はーい」

悠利の手元を覗《のぞ》き込んだカミールは、早々に応援隊に回った。自分がやろうとは微塵《みじん》も思わないらしい。彼は自分を知っていた。

薄焼き玉子は、作り方自体はシンプルだ。溶き卵をフライパンに薄く流し入れ、均等になるように回す。そして、裏面が焼けてきたら箸《はし》やフライ返しなどを使ってひっくり返す。両面が焼けたら出来上がり。

手順自体は簡単だが、ひっくり返すタイミングを間違ったり、力加減を誤ると破れる。まぁ、錦糸玉子にするので、多少破れるぐらいであればまだ修正が出来るが。

問題は、火加減だ。

焦ってうっかり強くした日には、少量しか入れていない卵にあっという間に火が通る。火が通るだけならば良い。ヘタをしたら茶色くなる。焦げるまでいかなくとも、錦糸玉子は黄色が美しいものなので、茶色くなった段階で失敗なのだ。

普段は鼻歌を歌いながら楽しげに料理をする悠利だが、今は真剣な顔でフライパンと向き合っている。錦糸玉子を焦がすことだけはあってはならないのだ。

とはいえ、しっかり火加減を確認しながらやれば問題はない。大量の綺麗な薄焼き玉子を作り終えた悠利は、満足そうだった。

「うおー、薄焼き玉子が山盛り。それ載せて食べんの？」

「これを千切りにして載せるんだよ」

「へー。ふわふわして良さそうだな」

「ちらし寿司には錦糸玉子がないと落ち着かないんだよねぇ、僕」

むしろ、他に具材がなくても錦糸玉子があればそれで何となくちらし寿司っぽいなと思っている悠利だ。酢飯の上に錦糸玉子を載せるだけでも、それなりに見栄えはするので。

薄焼き玉子は冷めてから切るつもりの悠利は、カミールが皮を剥《む》き終わった人参を受け取って細長く切っていく。少し太めの千切りみたいな感じだ。この人参は絹さやと同じように茹でる。生より茹でた方が食べやすいので。

「ユーリ、人参を茹でるのは解ったけど、蓮根はどうすんだ？」

「蓮根は茹でてから甘酢に漬けて味を付けるよ」

「解った。それじゃ、お湯沸かすな」

「お願い～」

手順を聞いて段取りよく行動することを身につけつつあるカミールだった。悠利はそんなカミールにお礼を言って、蓮根の準備に入る。

皮はカミールが綺麗に剥いてくれたので、悠利は受け取った蓮根を輪切りにしていく。酢飯の上に載せて一緒に食べることを考慮して、あまり分厚くは切らない。けれど、薄すぎてはせっかくの食感が残らないので、そこは注意している。やはり蓮根はシャキシャキ食感があってこそ美味《おい》しいので。

悠利が作業をしている傍らで、カミールは人参を茹でながら蓮根用のお湯を沸かしている。人参を茹でたお湯はオレンジになってしまうので、蓮根は別のお湯で茹でた方が良いんだろうなと思ったのである。今回は正解だ。

茹であがった人参はザルにあげて水を切っておく。茹でた人参の鮮やかなオレンジは彩りにぴったりだ。

切り終わった蓮根を悠利はお湯に入れて茹でる。このとき、お湯にちょっと酢を入れるのがポイントだ。酢を入れて茹でると、蓮根は色が白くなりシャキシャキ食感に仕上がるのだ。

「甘酢ってどんなの？」

「お酢と砂糖を混ぜたやつ。今回はみりんと塩も入れるけど」

「甘酸っぱいってことで良いのか？」

「そうだね。そんな感じ」

蓮根を茹でている間に、別の鍋《なべ》に前述した調味料を入れて沸騰させ、味を調える。みりんが入っているので、ちょっと沸騰させてアルコールを飛ばす必要があるのだ。今回はちらし寿司に使うので、気持ち甘めに作っている悠利だ。食べやすさ優先である。

そうこうしているうちに蓮根が茹で上がったので、ザルにいれて水気を切る。水気が切れたら、耐熱の器《うつわ》に蓮根を入れ、その上から出来上がった甘酢を注ぐ。蓮根が全部浸かるぐらいに甘酢を入れたら、あとは粗熱を取って冷まし、味が染みこむのを待つだけだ。

「めっちゃ酢の匂いがする。酸っぱくねぇの？」

「甘酢舐《な》めてみる？　今回は気持ち甘めに作ったけど」

「味見ー」

悠利にスプーンを渡されたカミールは、少量の甘酢を掬《すく》ってぺろりと舐める。確かに酸っぱい。お酢なのだから当然だ。けれど、悠利が言うとおり、砂糖の甘さが加わっているのでそこまで酸っぱくはなかった。

「何かこう、割と食欲をそそる感じの味だな」

「南蛮漬けとかだったら、多分カミール達も気に入ると思うよ」

「南蛮漬け？」

「えーっと、肉や魚の天ぷらを甘酢に漬けた感じの料理」

「ナニソレ美味そう。それも作って」

「今度ね」

ぱっと顔を輝かせたカミールに、悠利はさっくりと対応した。今日はちらし寿司を作るのであって、南蛮漬けを作っている暇はないのだ。何せ、南蛮漬けは地味に手間がかかる。

「僕、錦糸玉子を切るから、カミールはすまし汁作ってくれる？」

「了解ー。具材は？」

「キノコと豆腐で」

「オッケー」

ちらし寿司にはすまし汁だと思っている悠利だった。別に他の何かでも良いのだが、悠利はそう思っているので今日のメニューはすまし汁です。

そして、カミールは笑顔で分担作業を引き受けてくれる。すまし汁ぐらい、お茶の子さいさいで作れるようになっているのだ。最初の頃を思えば、かなりの進歩だった。

カミールにすまし汁を任せた悠利は、錦糸玉子に取りかかる。綺麗な黄色の薄焼き玉子を数枚重ね、まずは半分に切る。後は、半円を横向きにして千切りにしていくだけだ。錦糸玉子の幅は、悠利の好みでほどよい千切りになっている。細かい千切りにするのも美味しいが、悠利は玉子の味がよく解るようにほどほどの千切りにするのだ。

ちなみにこの薄焼き玉子、ほんの少しだけ塩が入れてある。何も味付けをしていない玉子よりは、少し塩味がついていた方が食べやすいかなと思ったので。

料理の技能《スキル》レベルの高い悠利だけに、千切りの速さもかなりのものだった。見事としか言いようがない。トトトトという軽快な音が響いている。

「相変わらずユーリの包丁さばき、凄《すご》いよなぁ」

「そう？」

「そうです」

「お褒めにあずかり光栄です」

「いえいえ、こちらこそいつも美味しいご飯を作ってくださって感謝いたします」

「「……ぷっ」」

悠利が恭しく頭を下げれば、カミールも同じように頭を下げる。次の瞬間、二人は顔を見合わせて笑った。こんな風に戯《おど》けたやりとりが出来るのも、気心知れた仲間の証拠であろう。ちょっと楽しい二人だった。

そうこうしているうちに、錦糸玉子は完成し、カミールはすまし汁を完成させた。冷めた絹さやを食べやすい大きさに切るのも忘れていない。

つまり、残る仕事は、酢飯の作製だけである。

「それでは、このほかほかに炊き上がったライスを、ボウルに移します」

「おー」

「そしてそこに、この、お酢と砂糖を混ぜて作った甘酢を、投入します」

「何でしゃもじに沿わせて入れてんの？」

「こうやって入れるようにって習ったから？」

「なるほど」

カミールの目の前で悠利は、しゃもじに沿わせるようにして甘酢を全体に回しかけていた。理由は悠利もよく解っていない。ただ、そうするように習っただけである。

甘酢を全てかけた後は、ほんの少し、数秒だけ待つ。甘酢が米に浸透する時間を待つのだ。数秒待ったら、次は混ぜる作業。ボウル一杯のご飯を混ぜるので、なかなかに大変な作業だ。

「それ、大ぶりに動かしてるのにも理由があるのか？」

「全体をしっかり混ぜるため、かな？　底からきっちり全部混ぜて、混ざってきたらこんな風に切るようにして混ぜるの」

「ほうほう。……結構疲れそうだから、しんどくなったら代わるからな？」

「うん。そのときはお願い」

非力な悠利を慮《おもんぱか》って言葉をかけてくれる優しいカミールだった。素直にお礼を言った悠利だが、実はカミールには別の仕事をお願いしたいのだ。混ぜるよりもっと疲れそうな仕事を。

だまにならないように混ぜ合わせ、甘酢が全体に混ざってお米がつやつやしてきたら、そこで悠《ゆう》利《り》はいったん手を止める。そして、いそいそと作業机の傍らに置いていた道具を引っ張り出した。

「カミール、これでライスを扇《あお》いで」

「……それは解ったけど、これ、何だ？」

「うちわっていう道具。扇いで涼むための、えーっと、扇《おうぎ》と似たような感じの道具だよ」

「俺、こんな道具見たことないんだけど」

「それ、ヤクモさんの私物」

「何となく理解した」

悠利のあっさりとした答えに、カミールは大きく頷《うなず》いた。ヤクモの故郷は遠く遠く離れた異国なので、ここことは文化が物凄《ものすご》く違う。そのヤクモの私物だと言われれば、見たことがない道具でも納得だった。

早く早くと悠利に急《せ》かされて、カミールは大人しくうちわを使う。扇ぐ道具だと言われれば、見知らぬ道具でも使い方は解る。カミールは悠利に言われるままに、酢飯を扇いだ。

この作業は、酢飯の粗熱を取るために必要だった。かなりの量の酢飯を冷ますのだ。うちわ係も結構大変である。

カミールが扇ぐことで表面の熱が取れてきたのを確認すると、悠利はしゃもじで酢飯を混ぜる。上下を入れ替えるようにして、全体の熱を冷ますのだ。二人がかりで頑張らなければならない、かなり大変な作業だった。

それでも、無事に酢飯は完成した。重労働だったが、二人はやり遂げたのだ。

「それじゃ、盛り付けまでは水分が飛ばないように濡《ぬ》らした布巾《ふきん》を被せておこう」

「それじゃ、他のおかず作りだな」

「うん。頑張ろうー！」

「おー」

ちらし寿司は完成の目処《めど》が立ったが、それだけで夕飯は出来ない。悠利とカミールは元気よく、残りの作業に取りかかるのだった。


そして、夕飯の時間になった。錦糸《きんし》玉子の美しいちらし寿司を見た一同は、不思議そうな顔をしていた。

「これは、僕の故郷のちらし寿司という料理です。ライスに甘酢で味付けをしてあって、上に載っている具材と一緒に食べる料理です」

「ユーリ、これ、酸っぱいご飯なのー？」

「そんなに酸っぱく作ってないよ、レレイ。でも、普通のライスも用意してあるから、食べてみて口に合わなかったらそっちに変更してね」

「解ったー！」

いつでもどこでも元気いっぱいなレレイだった。とはいえ、彼女の質問は他の皆を代表してのようなものだったので、なるほどと頷く気配があちこちにあった。

それでも、見知らぬちらし寿司を忌避する声は上がらない。また変わった料理を作ったなぁという扱いである。安定の悠利。

そんな中、約一名、とてもうきうきした状態でちらし寿司を食べている人物がいた。ヤクモである。

「ヤクモさん、お口に合います？」

「うむ。実に美味である。よもや、遠き異国の地で寿司を食えるとは思わなかったぞ」

「僕もちょっと食べたくなっちゃって」

「なるほど。我はユーリのおかげで寿司が食えるので、ありがたい」

「こちらこそ、うちわを貸してくださってありがとうございます。流石《さすが》に、扇じゃちょっと無理だったので」

「無理であろうな」

ぺこりと頭を下げた悠利に、ヤクモは真顔で言い切った。この人数分の酢飯の粗熱を飛ばすのに、お洒落《しゃれ》アイテムでもある扇で対処しようと思う方が間違っている。それなら、手頃な大きさの板きれでも使った方がマシだ。多分。

とはいえ、ヤクモはうちわを貸したときに悠利が何をするつもりかを聞いていた。なので、今日の夕飯がちらし寿司であることを知っていたのだ。知っていたからこそ、うきうきで待っていたとも言う。

そんなヤクモに、悠利は申し訳なさそうに口を開いた。

「すみません、ヤクモさん。本当なら、海鮮を散らした方が美味《おい》しいと思うんですが」

「みなまで言わずとも承知している。我とイレイス以外には、不評であろうよ」

「そうなんですよねぇ……。レレイですら、生魚はあんまり食べようとしないので」

「まぁ、あの娘は肉食なのだから、仕方あるまい」

「機会があったら、海鮮ちらしも作りますね。流石ににぎり寿司は無理なんで」

「アレは技術が必要であるからなぁ」

もぐもぐとちらし寿司を食べながら、悠利とヤクモはそんな会話を交わす。暢気《のんき》な会話だった。

そして、彼らの中では寿司に関する知識は割と被っていた。共通認識が出来ているのはとても良いことだ。

そんな二人を見て、アリーが呆《あき》れたように呟《つぶや》いた。

「実はユーリの故郷がヤクモの故郷だったと言われても、俺は驚かねぇぞ……」

「うーん、でも、僕の故郷の料理が全部一緒というわけでもないのでー」

「アリー、我の故郷にはユーリが口にするような素《す》っ頓狂《とんきょう》な文化は存在せぬ」

「素っ頓狂!?」

「そうか。まぁ、服装も違ったから、別の場所なんだろうとは思ってたがよ」

「アリーさん、否定してくれなかった!?」

何でと叫ぶ悠利の切実な訴えを、アリーとヤクモはさらっと流した。彼らにとっては当然のことなので、悠利の主張は聞き入れられない。いつものことだった。

そんな風に悠利が大人二人相手に訴えている中、仲間達は美味しそうにちらし寿司を食べていた。どうやら、お気に召したらしい。

「これ、ふわっふわの玉子と一緒に食べるの美味しいね！」

スプーンで豪快にちらし寿司を掬《すく》って食べているレレイの顔は、ご機嫌だった。ふわふわの錦糸玉子、シャキシャキした酢蓮根《れんこん》、甘味のある人参《にんじん》、歯応えと彩りを添える絹さや。コレといった強い味は存在しないのに、絶妙に調和していて食が進むのだ。

酢で味付けをしたと聞いて最初は首を傾《かし》げていた一同だが、いざ食べて見ればなかなかに美味しい。特に、酸味がさっぱりとさせてくれるのか、不思議と食欲がわき上がるのだ。

「このちらし寿司というのは、酢で味付けしてあるせいか、普段より食が進みますね」

「はい。わたくし、普通のライスよりこちらの方が好きかもしれませんわ」

「暑い日にも食べやすくてよさそうですね」

穏やかに微笑《ほほえ》むティファーナに、イレイシアもおっとりと微笑んだ。美女と美少女の微笑みの二重奏、プライスレス。どちらも清楚《せいそ》な雰囲気をしているので、そこだけ妙に上品な空間になっていた。

その彼女達はどちらかといえば小食に分類されるのだが、言葉通りにちらし寿司を結構食べていた。お代わりをしようか迷う程度には、お口に合ったらしい。

「ヘルミーネ、さっきから何食べてるの？」

「蓮根だけお代わりしてきたの」

「は？」

「これ、食感も味も美味しいわよね」

「……あー、気に入ったんだ」

「うん」

ぱりぽりと酢蓮根だけ食べているヘルミーネを見て、アロールは呆れた顔をした。それ、トッピングじゃないの？　と言いたかったに違いない。

まぁ、確かにちらし寿司のトッピングではあるのだが、それだけで食べても問題はない。酒のつまみなどにするならば、もう少し分厚く切ると歯応えがあって最適だろう。

自由だなぁと思っているアロールの視界で、お代わりのちらし寿司を持ち帰ったレレイが満面の笑みを浮かべていた。……何故《なぜ》か大量の錦糸玉子を載せて。

「レレイ、お前、それ……」

「玉子いっぱい、美味しいよね！」

にぱっと嬉《うれ》しそうに笑うレレイ。皆が悠利を見るが、錦糸玉子は大量に作っているので、悠利は大丈夫と言うように頷いた。その頷きで、レレイの行動は皆に許容されるのだった。

ほんのりと塩味がついた錦糸玉子を、レレイは気に入ったらしい。酢飯と一緒に豪快に口の中に入れて食べている。美味しい美味しいと幸せそうに笑って食事をする彼女の姿は、見ている皆に思わず笑みを浮かべさせるのだった。

酢飯が皆に受け入れられると解った悠利は、時々、具材を変えてちらし寿司を提供するのでした。

ただし、錦糸玉子だけは固定です。

特別編　自分で作ろう、手巻き寿司

「今日の晩ご飯は、手巻き寿司です」

　笑顔で告げた悠利に、皆はそれは何だと言いたげな視線を向けていた。各テーブルの上にずらりと並んだ皿の数々も、彼らの疑問に拍車をかけていた。

　先日ちらし寿司が好評だったので、寿司は《真紅の山猫》《スカーレット・リンクス》の仲間達にも受け入れられると理解した悠利。その彼が本日決行したのは、手巻き寿司だった。

　勿論《もちろん》、用意した具材は仲間達の味覚や食事事情を考慮している。有り体にいえば、一つのテーブルを除いて生魚は用意していない。肉や野菜、焼いた魚や油漬けの魚などを具材にすることに決めたのだ。

　悠利が手巻き寿司を決行しようと思ったのは、これならば皆が自分の好きなお寿司を食べられると思ったからだ。悠利と一部の仲間達を除いて、生魚を食べる習慣が皆には存在しない。なので、新鮮なお魚を使ったお寿司に需要がないのだ。

「ユーリ、手巻き寿司って何だ？　この間のちらし寿司とはまた違うのか？」

「うん、ちょっと違うかな。甘酢で味付けをしたライスを使うのは一緒なんだけど、器《うつわ》に具材と一緒に盛りつけるちらし寿司と違って、手巻き寿司は自分で作るの」

「自分で作る？」

「この海苔《のり》の上に酢飯と具材を載せて、くるくるっと巻いて食べるんだよ」

悠利《ゆうり》が説明のために一つ作ってみせると、皆が興味深そうにその手元を見つめる。ちなみに、悠利が作ったのは海苔の上にご飯を少量載せ、レタスとキュウリと海老を具材にしたものだ。マヨネーズも忘れない。サラダ巻きっぽい仕上がりだ。

自分で作ると言われてハードルが高そうと思っていた仲間達も、その手順の簡単さに何だと肩の荷を下ろした。これならば、自分で好きなように巻いて食べることも出来そうだ、と。

「酢飯も具材も沢山あるので、好きなだけ食べてくださいね。それと、手巻きじゃなくて器で食べたい人は各自で準備してください」

「「はーい」」

「「了解」」

「「解りました」」

ぺこりと頭を下げて悠利が告げた言葉に、元気な返事が響いた。つまるところ、今日の夕飯が割と自由自在なものだと皆が理解したのである。食べる量の調節も、食べる具材もお任せなのだから。

説明が終わったので悠利も皆もそれぞれのテーブルへと移動する。その途中、悠利の隣を歩いていたクーレッシュが問いかけた。

「作るときのコツとか、注意とかねぇの？」

「えーっとね、欲張って酢飯をいっぱい載せちゃうと……」

不意に、クーレッシュに答えようとした悠利の言葉を遮る形で、声が響いた。

「あー！　海苔が破れちゃったぁあああ！」

「レレイ、煩《うるさ》いわよ！」

悲痛な叫びを上げるレレイと、彼女へのツッコミに忙しいヘルミーネ。彼女達は今日も元気だった。

ちらりとそちらを見れば、それはあまりにも悠利の予想通りの光景だった。なので悠利は、すっと手でレレイを示して言葉を続けた。

「あんな感じで、海苔が破れます」

「……おう。酢飯は少ない方が良いんだな」

「その方が上手に巻けるよ」

「解った。他にはあるか？」

期待を裏切らないレレイに呆れつつ、クーレッシュは悠利の説明に納得したように頷《うなず》く。再び問われた悠利は、少し考えてから口を開いた。

「酢飯だけじゃなくて、具材も考えて載せないと……」

そこでやはり、また、悠利の言葉を遮るように声が聞こえた。今度は見習い組のテーブルからだ。

「うおっ、こぼれる……！」

「あーこれ、具材詰めすぎると巻きにくいな……」

「うー、色々巻きたいのに、難しいー」

「……難」

育ち盛りの少年達は、あれもこれも食べたかったのか、ちょっと具材を入れすぎたらしい。海苔を上手に巻くことが出来ず、ぽろぽろと零《こぼ》れ落ちる始末だ。幸い皿の上で作業をしていたので、落としたとしても食べることが出来る。

その光景を見ながら、悠利は先ほどと同じように手で見習い組を示しながら告げた。

「あんな感じで、巻けなくなります」

「……了解だ。基本的に、控えめにした方が綺麗《きれい》に巻けるんだな」

「うん。それと、その方が食べやすいんだよ。囓《かじ》ったときバラバラになると大変だしね」

「なるほど。教えてくれて助かった。頑張って上手に作るわ」

「食べたいものを巻いて美味しく食べてね」

「おう」

悠利の説明で手巻き寿司の概要を何となく把握したらしいクーレッシュは、楽しそうに笑って自分のテーブルへと移動していった。彼と悠利はテーブルが違うのだ。

そして悠利は、律儀に悠利を待っていてくれた同席者に気付いて、慌てて席に着く。

「ヤクモさん、イレイス、先に食べていてくれて良かったんですよ？」

「茶を飲んでいただけで、そこまで気にしてくれずとも良い」

「わたくしも、素敵なお魚がいっぱいで、どれを食べようか悩んでいただけですわ」

「そうですか？　それなら良いんですけど」

二人の言葉に、悠利はほわりと笑った。勿論、彼らの言い分が全てとは思えない。それも事実だろうが、席に着いていない悠利を待っていてくれたのも事実であるはずだ。ヤクモとイレイシアはそういう性格なので。

悠利が席に着いたことで本格的に食事モードに入ったのか、二人は海苔へと手を伸ばす。悠利はとりあえず、先ほど見本に作ったサラダ巻きっぽい手巻き寿司を口に運んだ。

あーんと口を開けて齧る。海苔のパリパリとした食感と、レタスのシャキシャキ感、キュウリの歯ごたえに海老の弾力が良いアクセントになっている。酢飯は控えめだが、マヨネーズを入れたので味は問題ない。

マヨネーズがキュウリの水分で薄まり、海老の旨味と合わさって何とも言えないハーモニーを奏でてくれる。酢飯とマヨネーズは割と合うので、お互いを邪魔しないのも見事だ。そして、それら全てを包み込む海苔とレタスの存在感も完璧《かんぺき》だった。

「んー。美味《おい》しいー」

表情を緩めながら悠利は幸せそうに食べている。手巻き寿司の良いところは、自分の好きな具材を好きな配分で詰め込めるところだ。見栄えもバランスも関係ない。全ては自分の好みである。

そして、手巻き寿司の醍醐味《だいごみ》は、何を巻いても良いというところだろう。このテーブルはお刺身大好きメンバーのためのテーブルなので、青ジソとお刺身が大量に並んでいる。他のテーブルに多い肉類は控えめだ。

それでも、ハムやソーセージ、火を通した海老を始めとした魚介類も並んでいる。野菜はレタス、キュウリ、人参《にんじん》、大根などだ。皆が喜ぶだろうとツナマヨやコーンマヨも用意されている。

ちなみにツナマヨに関しては、準備を手伝った見習い組の四人が「絶対に必要だから！」と声を揃えて大量に製作したという裏話がある。ツナマヨは皆に大人気なのである。

「ちらし寿司も美味しかったですけれど、こちらはこちらで食べやすくて良いですわね」

「イレイス、何を巻いたの？」

「わたくしは、青ジソとイカをたっぷりと巻いてみましたわ」

「美味しいやつだね」

「はい、とても美味しいです」

手巻き寿司を手に幸せそうに微笑《ほほえ》むイレイシア。美少女の笑顔は万金に値した。今日も彼女の微笑みは麗しい。

イレイシアの申告通り、彼女が手にしているのは青ジソとイカを巻いた手巻き寿司だ。酢飯は少なめで、青ジソを一枚敷いた上に刺身用の生のイカをたっぷりと入れている。たっぷりといっても、くるりと綺麗に巻ける程度の分量だ。

口に入れて囓ると、海苔のパリパリとした食感と、イカの弾力が伝わる。生で食べられるイカなので、甘さがじゅわりと広がる。弾力と食感に注目しそうだが、噛《か》めば噛むほど広がる甘さが魅力的だ。

また、青ジソの風味が味わいを更に際立たせている。薬味と呼ばれるだけあって、青ジソと刺身系の相性は抜群だ。そしてそれは、手巻き寿司にしたとしても変わらない。つまりは、美味しいということだ。

自分で作った手巻き寿司を食べながら、イレイシアは本当に嬉《うれ》しそうだ。彼女にとって喜ばしいのは、この手巻き寿司は酢飯の量を自分で調整出来るということだろう。元来小食である彼女にしてみれば、大変ありがたいのだ。

「自分で好きに具材を決められるというのは、実に面白い料理であるな」

「ヤクモさんの故郷には手巻き寿司はなかったんですか？」

「うむ。ちらし寿司やにぎり寿司、巻き寿司などはあったが、この手巻き寿司というものは存在せぬ」

「そうですか。僕の故郷では人が集まるときに食べる料理だったりするんですよ」

「なるほど。確かに、各々が自分好みに作って食べるというのは、人が多いときに相応《ふさわ》しい」

悠利の説明に、ヤクモは穏やかに笑った。その彼の手には、既に二つ目の手巻き寿司が握られている。中身はイレイシア同様に刺身を詰め込んでいるらしい。生魚を愛する仲間なので、それも当然と言えた。

パリパリとした海苔の食感をアクセントに、醤油《しょうゆ》を付けた刺身と酢飯が口の中で調和する様をヤクモは楽しんでいる。悠利やイレイシアは小食に分類されるが、ヤクモは成人男性の標準的な食欲を持っている。そのため、食べる速度も二人より速かった。

このテーブルは悠利とイレイシアとヤクモの三人しか座っていないので、ヤクモがどれだけ食べても問題はない。そもそも、小食の二人はそこまで酢飯を使わない。実に平和な空間だった。

お互いに、どの刺身を巻いたものが美味しいかと伝え合う彼らの表情は楽しげだ。ただの夕飯も、好物を好きなだけ食べられるとあっては宴と同じだろう。美味しいご飯は自然と笑顔を呼ぶのである。

そんな風に平和で静かな悠利達のテーブルと異なり、賑《にぎ》やかな盛り上がりを見せているテーブルも幾つかある。その一つが、見習い組のテーブルだった。立場も年齢も似ている彼らは、食べ物の争奪戦において互いに容赦などしないので。

ただし、別に不仲なわけではないし、喧嘩《けんか》になっているわけでもない。食べ盛りなので、目の前の美味しいご飯に対して貪欲《どんよく》なだけだ。

具材も酢飯もそれなりの速度で減ってはいるが、賑やかなだけでテーブルの雰囲気は和やかだ。互いに、自分が食べて美味しかった場合は教え合ったりしている。

「オイラ、大分コツが解ってきた」

そんな中、にかっと笑みを浮かべてヤックが告げる。彼が手にした手巻き寿司は、綺麗に巻かれていた。最初こそ、酢飯や具材を詰め込みすぎて不格好になっていたが、何度か試す内に適量を学んだらしい。

口をあーんと開けて手巻き寿司にかぶりつく表情は、幸せそうだ。上手に作れた手巻き寿司を堪能している。ちなみに、そんなヤックが今食べているのは、レタス、ハム、薄焼き玉子にキュウリと人参を巻いたものだ。味付けは勿論《もちろん》マヨネーズです。

海苔のパリパリとした食感に、キュウリと人参の歯ごたえが食欲をそそる。この人参は生で食べても甘く、野菜スティックとしても魅力的だ。そして、その二つを包み込むレタス、ハム、薄焼き玉子の層が味わいを深めてくれる。

レタスのシャキシャキ感とさっぱりとした味わいに、ハムと薄焼き玉子が旨味を追加してくれるのだ。薄焼き玉子にはほんの少しだけ塩が入っているのだが、それが野菜の水分と合わさって隠し味になっている。

「コツって？」

最初から特に苦労せずに手巻き寿司を作っていた器用なカミールが、不思議そうに問いかける。彼には改めて考えるコツというのはなかったからだ。ただ、海苔の大きさに合わせて酢飯と具材を載せるだけじゃないのかと言いたげである。

そんなカミールは、細長く切ったブロックベーコンを巻いた手巻き寿司を食べている。シンプルに酢飯とベーコンしか入れていないのだが、それが逆に美味しい。

ベーコンは脂がしっかりと乗っており、こんがりと火が通っている。噛めば噛むほどじゅわりと口の中に広がる旨味の洪水だ。そして、それと混じり合うのが酢飯である。甘酢で味付けをされているが、ベーコンの旨味と何故《なぜ》か調和しているのだ。

そこに海苔の食感が加わると、おにぎりを食べているような気分で満足するカミールなのだった。

……悠利ならばここにレタスを追加するだろうが、カミールはしなかった。その辺、彼もお肉大好きな育ち盛りの少年なのだ。

「酢飯は、少なめにして、こう、平らに広げると巻きやすい」

「……なるほど。その方が具材が綺麗に入るんだな」

「うん」

「だってよ、そこ二人。聞いてるか？」

カミールの言葉に返事はなかった。ウルグスとマグの二人は、黙々と手巻き寿司を食べている。見習い組で一番食べるウルグスが手にした手巻き寿司は、かなりパンパンだった。海苔《のり》が破れないギリギリを見極めているのかと言いたくなる状態だ。ヤックの説明と対極すぎる。

対してマグはと言えば、……ひたすら、しめ鯖《さば》を食べていた。

しめ鯖だけ、である。手巻き寿司にしていない。酢飯と一緒に食べてすらいない。テーブルの上のしめ鯖は自分のものだとでも言いたげに、黙々と食べているのだ。

「マグ、お前それ、そんなに気に入ったの？」

「出汁《だし》」

「「は？」」

「出汁、美味」

カミールの問いかけに、マグは面倒そうにしながらも返答した。しかし、その返答はカミールにもヤックにも理解出来ず、二人は我関せずと食事を続けるウルグスに視線を向けた。説明よろしくというアレである。

ハムとベーコンをマヨネーズとケチャップで味付けした手巻き寿司を食べていたウルグスは、面倒くさそうに三人を見た。俺は気に入ったのを食べているのにと言いたげだ。とはいえ、元来面倒見の良いウルグス少年は、口の中の分を咀嚼《そしゃく》してから求められた回答を告げる。

「何か知らねぇけど、その酢で味付けした魚、出汁の味がするんだと」

「何で⁉」

「ユーリ、何で⁉」

「うぇ……？　いきなり何？」

ウルグスでは埒《らち》があかないと理解したカミールとヤックは、悠利《ゆうり》に向かって答えを求めた。食事中にいきなり呼ばれた悠利は驚いたように声を上げ、視線をそちらに向ける。

そして、どうかしたのかと言いたげにしめ鯖を独り占めしているマグを見て、色々と理解したらしい。困ったような顔で告げた。

「えーっと、そのしめ鯖、昆布で味付けがされてるんだよね……。昆布締《こぶじ》めっていうんだけど」

「出汁、美味」

「マグは本当に、昆布が好きだね……」

「美味」

出汁は割と何でも好きだが、その中でも昆布がお気に入りのマグらしかった。しめ鯖に染みこんだ昆布の旨味を感じて喜んでいるらしい。……なお、普通はそこまで味は解らない。特に今回は、昆布は剥《は》がして切り身だけになっているので。

悠利の説明で、それが理由かと脱力するカミールとヤック。ウルグスは何となくそんな気がしていたので、気にせず食べていた。というか、マグが執着するイコール出汁風味なんだろうなと思っているウルグスだった。

まぁ、他の三人はしめ鯖に欲求はなかったので、見習い組のテーブルのしめ鯖は全てマグに進呈された。それで大人しくしているなら好都合なので。その間に自分が欲しいものを食べようと思う程度には、弱肉強食が染みついているのだった。

騒々しいテーブルがあると思えば、静かなテーブルもある。物作りコンビとアロール、ラジの四人のテーブルだ。比較的穏やかな面々ばかりのテーブルなので、和やかに食事は進んでいた。

「アロール、野菜ばかり食べてないか？」

「心配しなくても、肉も魚も食べてるよ、ラジ」

「それなら良いが……」

「大丈夫だよ。このテーブルは争奪戦が起きないから」

「……なるほど」

自分のペースで落ち着いて食べられると告げるアロールに、ラジは納得した。思いっきり納得した。何せ、このテーブルで一番食べるのはラジだ。しかしその彼は、他人の分にまで手を伸ばすような性格をしていない。

ロイリスは小柄な外見通りに胃袋も小さいし、ミルレインがそれなりに食べるとはいっても少女の食欲の範疇《はんちゅう》で収まっている。十歳児のアロールは言うに及ばず。むしろ、食材が残ってきたらラジが頑張れと言われる状態だろう。

コーンマヨを薄焼き玉子とハム、レタスで包んだ手巻き寿司を食べながら、アロールはのんびりとしている。平和な食卓を噛みしめているらしい。絶妙なバランスで口の中に広がる美味《おい》しさを堪能中だ。

そもそも、選んだ具材が合わないわけがない。酢飯と海苔と合うのかという不安はあったが、食べてしまえばそんな不安は吹き飛んだ。マヨネーズが全体を包み込んでいるようで、具材の味が調和して美味しさを保っているのだ。

「こんな風に、自分の好きなものだけを食べて良いというのは、楽しいですね」

「いつものユーリのご飯も美味しいけど、自分で選んで食べられるのはやっぱり楽しい」

「祭りの屋台みたいだな」

「「確かに」」

ロイリスとミルレインの会話に、ラジが自分の感想をぽつりと告げる。物作りコンビは顔を見合わせ、即座にラジの言葉に同意した。祭りの屋台で色々と好きなものを選んで食べるわくわく感と似ていると思ったので。

このメンバーで食べると、肉類はラジとミルレインが平らげていくことになる。アロールは子供なので食が細いし、ロイリスはどちらかというと野菜を好む。とはいえ、トータルすると満遍なく皆で食べていることになるので、テーブルの上の具材の減り方は均一だった。

早い話が、物凄《ものすご》く平和で、物凄くまったりしているテーブルなのだ。時々聞こえる他のテーブルの騒ぎを、遠い世界のことと感じる程度には。

そんな彼らとは異なり、大食漢ばかりが集うテーブルがあった。フラウ、リヒト、マリアの三人が一つのテーブルに集っているのだ。ただし、この三人は大食漢ではあるが、お互いの食の好みは微妙に異なる。ついでに、大食いではあるが食欲の権化というわけでもないので平和だった。

……まぁ、よく食べる者が三人集うと、海苔と酢飯が凄《すご》い勢いで減るのだけれど。お代わりを誰が取りに行くのかというときだけは、静かな戦いが繰り広げられる。

「この手巻き寿司って、美味しいのもあるけれど、楽しいわねぇ」

「自分で作るというのは、不思議な気分だな」

「サンドイッチを自分で作るのはまだ解るが、こうやってライスを使った料理もあるとは思わなかったなぁ」

「ユーリといると、退屈しないわよねぇ～」

「「確かに」」

うふふと楽しそうに笑うマリアに、フラウもリヒトも同意した。否定する要素がどこにもない。悠利はいつだって彼らの知らない世界を見せてくれるので。

ほっそりとした華奢《きゃしゃ》な指先でマリアが持っている手巻き寿司は、そこそこ大きかった。満足いくまで具材を詰め込んで作ったらしい。口を大きく開けてかぶりつく姿は、豪快だ。

けれど、彼女のその妖艶《ようえん》な美貌《びぼう》とあいまって、何とも言えずセクシーである。口元に残ったマヨネーズを指や舌で拭《ぬぐ》う仕草すら、色っぽい。が、この場にいるのは女性のフラウと彼女持ちのリヒトなので、特にどちらも反応しなかった。

「マリアは何が気に入っているんだ？」

「私は、勿論、こ・れ・よ」

「……ミートソース？」

「トマトたっぷり、挽肉《ひきにく》もたっぷりの、食べるミートソースなんですって」

「流石《さすが》ユーリ……」

美味しいわぁと微笑《ほほえ》みながら、マリアはミートソースの手巻き寿司を堪能している。レタスと合わせると抜群に美味しいのだ。ついでに、薄めのくし形に切ったトマトも一緒に挟んでいる。追いトマトで幸せを満喫しているマリアだった。

ミートソースといえど、肉の分量を増やしておかずのように食べられるように仕上げてあるので、十分にボリュームがある。トマトたっぷりでぎゅぎゅっと旨味が濃縮されている。ちなみにこれは、このテーブルに多めに置かれている具材だ。

そもそも、トマト大好きなマリアのための一品なのだ。トマトを与えておけばマリアが大人しいということを知っている悠利は、何気に肉食なお姉さんのために一手間かけてくれたのである。

ご機嫌のマリアを見て、フラウとリヒトは視線を交わす。互いの目を見て、彼らはこくりと頷《うなず》き合った。とても美味しそうなミートソースだが、これはマリアに譲ろう、と。自分達は他の具材を堪能すれば良いのだから。

肉だけでなく野菜もしっかり食べる二人は、手巻き寿司を堪能しつつも合間合間に野菜スティックを食べていた。手巻き寿司用に細長く切られた大根や人参《にんじん》、キュウリは、野菜スティックとして食べても美味しいのだ。

そのまま食べても美味しいし、マヨネーズを付けても良い。ケチャップとマヨネーズを混ぜてオーロラソースにしても絶品だ。

「そういえば、今日はあらかじめ席が決められていたが、何か理由があるのだろうか？」

「ユーリとイレイスとヤクモが同じテーブルなのは何となく解るけどなぁ」

「確か、なるべく食べる量が均等になるようにって言ってたわよぉ」

「へー……」

「均等に、ねぇ……」

マリアの口から告げられた答えに、リヒトとフラウは遠い目をした。均等とはどういう意味だと思ったのだ。どう考えてもこのテーブルは大食いが揃《そろ》っている。

二人の反応から、自分の言いたいことが通じていないと理解したマリアは、ころころと笑いながら説明を付け加えた。

「全体の分量じゃなくて、具材の減り方っていう意味よぉ」

「は？」

「マリア？」

「どれか一つの具材に集中して揉《も》めることがないようにって言ってたわよ」

「……あぁ、なるほど」

それなら納得出来る、と二人は大きく頷いた。全体の食事量ではなく、具材に関してならば確かに納得の割り振りだった。彼ら三人は皆よく食べるが、好みがバラバラなので。

そう言われて他のテーブルを考えれば、確かに理に適《かな》っているように見える。悠利達のテーブルは生魚を嬉々《きき》として食べる面々を集めただけだが、他はいい具合に好みがバラけているのだ。その証拠に、どのテーブルも肉だけ残ったり、野菜だけ残ったりはしていない。

何だかんだで人をよく見ているなぁとリヒトは小さく呟《つぶや》いた。悠利はぽやぽやしているが、おさんどんを担当しているだけあって仲間達の食の好みは把握している。それがこういう形で現れただけだ。

だから、どちらかというと肉食なアリーとブルックと同じテーブルに、小食で野菜の方が好きなジェイクとティファーナがいるのも、理に適っていると言えた。小食二人が控えめだろうと、ブルック一人で彼らの分を挽回《ばんかい》出来るので。

「ジェイク」

「はい、何ですか、アリー?」

「お前、調子に乗って食い過ぎて腹痛起こすなよ」

「やだなぁ、そんなことそうそう何度も起きませんってば」

「どの口が言うか」

もっしゃもっしゃと手巻き寿司を食べているジェイクに、アリーが面倒くさそうに忠告をした。小食のジェイク先生だが、気に入った料理の場合はうっかり食べ過ぎるのだ。食べ過ぎた結果、お腹痛いとしくしく泣くはめになるのだから、困った大人である。

それが一度きりならば、アリーもこんな風には言わない。何度か繰り返されたことだから、ツッコミが入るのだ。しかし、ジェイクはあまり気にしていないのか、美味しいですねぇと笑うだけだった。安定のジェイク先生です。

自分で好きなものを選んで、好きな分量で食べられるという手巻き寿司は、小食のジェイクのお口に合ったらしい。嬉々として、どれを巻けば美味しいだろうかと何度もチャレンジしている。

……そう、普段より確実に食べている。

「ジェイク、美味しいのは解りますけど、考えて食べないとユーリに心配をかけてしまいますよ」

「うーん、僕なりに自分の胃袋と相談して食べてるんですけどねぇ」

「明らかにいつもより配分を間違えていると思うが」

「ブルックまで言います？」

「言う」

言い捨て、ブルックは手巻き寿司をばくりと一口で頬張った。細巻きに仕上げているとはいえ、一口で食べるというのはなかなか難しい。大食いのお兄さんならではだった。

肉も野菜も気にせず巻いて食べているブルックは、大食いだがせっかちではなかった。なので、海苔《のり》が破れない程度に酢飯や具材を調節して、実に上手に手巻き寿司を作っている。……ただ、食べるスピードがえげつないほどに速いだけだ。

三人がかりで考えて食べろと言われたジェイクは、とりあえずちょっと考えてみた。残念なことに、手巻き寿司は食べた分量が解るようには出来ていない。自分がどれだけ食べたかが解らず、少しばかり困った学者先生だった。

とはいえ、考えても仕方ないので、言われた言葉を胸に刻み、ゆっくり食べようと心に刻む。

……食べるのを控えようという考えは浮かばなかった。まだ食べてみたい具材が色々あったので。

「見て見てー！　これならいっぱい食べられるよ！」

「……お前、何やってんだ……？」

「レレイ……？」

満面の笑みでレレイが見せた物体に、クーレッシュとヘルミーネは絶句した。コメントのしようがなかった。どう見てもそれは、手巻き寿司ではなかったのだから。

そこにあったのは、海苔を二枚重ねた物体だった。正確には、両面に酢飯を載せ、間に具材を挟んだ何かだ。間違っても手巻き寿司ではない。ついでに、具材が多いのでパンパンになっている。

「これならこのままかぶりつけば大丈夫だからね！」

困惑しているクーレッシュとヘルミーネをそっちのけで、レレイはその物体を両手で掴《つか》んでがぶりと囓《かじ》った。大口を開けて美味しそうに食べている。イメージはサンドイッチのような感じだろうか。とりあえず、どう見ても手巻き寿司じゃない。

何やってんだお前と脱力するクーレッシュと、バカなの？　と呆《あき》れるヘルミーネ。しかしレレイは気にしていなかった。大食いの彼女は、ちまちまと具材を選ぶのが面倒だったのだ。あれもこれも詰め込みたかったのだ。その結果がこれだった。

そんな三人の会話が耳に入り、レレイが手にした物体を見た悠利《ゆうり》は困った顔で笑った。

「うーん、流石レレイ。でもあれはどう見ても手巻き寿司じゃないなぁ……」

「まるでサンドイッチの亜種のようであるな」

「多分、一度でいっぱい食べたかったんですよ。レレイらしいですね」

「まぁ、壊さず食せるのならば、それで良いのではないか？」

「そうですね。楽しそうですし」

ヤクモの言葉に、悠利はほわほわと笑った。確かにその通りだと思ったのだ。美味しく楽しんでくれているなら、それに勝るものは存在しない。ご飯は美味しく食べてこそなのだから。

そこでふと、イレイシアが会話に入ってこなかったなと思った悠利は、視線を人魚の少女へと向ける。彼女は、普段の小食が嘘のようにぱくぱくと手巻き寿司を食べていた。多分、酢飯はほとんど入れていないのだろう。

美味しい新鮮な生魚を沢山食べられることが嬉《うれ》しくて仕方ないのだというように、イレイシアは黙々と食事を続けていた。普段あまり食べない彼女の食欲旺盛《おうせい》な姿を見て、悠利とヤクモは顔を見合わせて笑うのだった。平和だなぁという感じで。

そして、多種多様な具材が用意された手巻き寿司は、仲間達の笑顔と共に完食されるのでした。また食べたいとのリクエストに悠利が応じる日は、きっと近い。美味しいは正義です。

あとがき

初めましての方、お久しぶりの方、毎度おなじみの方、本書をお買い上げいただき誠にありがとうございます。作者の港瀬《みなとせ》つかさです。

早いもので、十二巻です。十二巻。ちょっと現実が理解出来ないまま、「いつの間にこんなに書いてたんだ……?」と自分でもよく解っていない作者です。いや、本当に。手元に本が届いても実感が湧かない巻数になってきました。

さて、そんな風に巻数を重ねておりますが、今回も相変わらずな感じの仕上がりになっております。皆《みんな》でわちゃわちゃして、美味《おい》しいものを食べて、ちょっと何かがあって、という感じのままです。いつも通りのゆるゆるをお楽しみいただければと思います。

また、この巻でアジト組のラストワン、最後の訓練生がやっと登場します。長かった……。物凄《ものすご》く長かった。一巻で明言した「《真紅の山猫《スカーレット・リンクス》》は悠利《ゆうり》を含めて二十一人」を回収するのに、何故《なぜ》十二巻までかかってしまったのか、本当に謎です……。気づけば出番争奪戦を繰り広げる皆のせいだろうか……。

そんなわけで、訓練生のラジくんが登場しています。虎獣人の青年です。前衛組の中では落ち着いた性格ですね。というか、うちの場合は、女子組の方が血の気が多いようです。頑張れ、男子組。

今回のお話はルシアさん多めとなっております。美味しいスイーツの誘惑には勝てないのです。食べたい。ルシアさんのスイーツ、どこかで売ってないかな？　と思ってしまいます。悠利のご飯もなんですが。自分で書いていてあれですが、食べたいです。

お家時間が増えている方もいると思いますが、そのお供になればと思います。ゆるっと読めるので、のんびりと楽しんでいただければ幸いです。

それと、不二原理夏《ふじわらりか》先生が作画をしてくださっているコミカライズですが、コミックス五巻が発売中です。原作三巻軸のお話に突入しており、とっても可愛《かわい》いルークスがてんこ盛りです。不二原先生のルークスもとても可愛らしいので、是非ご覧ください！

今回も素敵なイラストを描いてくださったシソさんにも、お礼を申し上げます。いやもう、いつもいつも素敵なイラストでございましてね。原作者が一番大喜びでおります。だって、とても素敵なんだもの。

また、担当編集さんを始め、校正さんやデザイナーさん、各種関係者の皆様のおかげで、この通り無事に本が完成しました。いつも本当にありがとうございます。ご迷惑ばかりおかけするダメ作者ですが、出来うる限り精進していきたいと思います。

それでは、今回はこの辺りで失礼します。次巻でお会い出来ますように。

カドカワBOOKS

最強《さいきょう》の鑑定士《かんていし》って誰《だれ》のこと？ 12
～満腹《まんぷく》ごはんで異世界生活《いせかいせいかつ》～

2021年３月10日　初版発行

著者／港瀬《みなとせ》つかさ

発行者／青柳昌行

発行／株式会社KADOKAWA

〒102-8177
東京都千代田区富士見2-13-3
電話／0570-002-301（ナビダイヤル）

編集／カドカワBOOKS編集部

印刷所／暁印刷

製本所／本間製本

※定価（または価格）はカバーに表示してあります。

●お問い合わせ
https://www.kadokawa.co.jp/（「お問い合わせ」へお進みください）
※内容によっては、お答えできない場合があります。
※サポートは日本国内のみとさせていただきます。
※Japanese text only

Printed in Japan
ISBN 978-4-04-074005-8 C0093

新文芸宣言

かつて「知」と「美」は特権階級の所有物でした。

15世紀、グーテンベルクが発明した活版印刷技術は、特権階級から「知」と「美」を解放し、ルネサンスや宗教改革を導きました。市民革命や産業革命も、大衆に「知」と「美」が広まらなければ起こりえませんでした。人間は、本を読むことにより、自由と平等を獲得していったのです。

21世紀、インターネット技術により、第二の「知」と「美」の解放が起こりました。一部の選ばれた才能を持つ者だけが文章や絵、映像を発表できる時代は終わり、誰もがネット上で自己表現を出来る時代がやってきました。

UGC（ユーザージェネレイテッドコンテンツ）の波は、今世界を席巻しています。UGCから生まれた小説は、一般大衆からの批評を取り込みながら内容を充実させて行きます。受け手と送り手の情報の交換によって、UGCは量的な評価を獲得し、爆発的にその数を増やしているのです。

こうしたUGCから生まれた小説群を、私たちは「新文芸」と名付けました。

新文芸は、インターネットによる新しい「知」と「美」の形です。

2015年10月10日
井上伸一郎

馬場翁　イラスト／**輝竜司**

女子高生だったはずの「私」が目覚めると……なんと蜘蛛の魔物に異世界転生していた！　敵は毒ガエルや凶暴な魔猿っておい……。ま、なるようになるか！　種族底辺、メンタル最強主人公の、伝説のサバイバル開幕！

カドカワBOOKS

異世界の大賢者と
勘違いされるけど、
それ、ただのDIYスキル！
カドカワBOOKS

悪役令嬢になんかなりません。
私は『普通』の公爵令嬢です！
さわるなキケン
明。
illustration
秋咲りお

colate
魔王《まおう》になったので、
ダンジョン造って
人外娘と
ほのぼのする
MAOU NI NATTA-NODE
DUNGEON
TSUKUTTE
JINGAI-MUSUME
TO HONO-BONO
SURU.
カドカワBOOKS

ゲーム知識を使って、
らくらくレベル上げ&
スキルをゲット！
元・世界1位のサブキャラ育成日記
～廃プレイヤー、異世界を攻略中！～
沢村治太郎
illust. まろ

ネトゲに人生を賭け、世界ランキング１位に君臨していた佐藤。が、ある事をきっかけにゲームに似た世界へ転生してしまう。しかも、サブアカウントのキャラクターに！　0スタートから再び『世界１位』を目指す！！